KB272815

천 번의
환생 끝에

천 번의 환생 끝에 12

요람 장편소설

초판 1쇄 찍은 날 § 2018년 6월 12일
초판 1쇄 펴낸 날 § 2018년 6월 19일

지은이 § 요람
펴낸이 § 서경석

총괄팀장 § 최하나
편집책임 § 김슬기

펴낸곳 § 도서출판 청어람
등록번호 § 제387-1999-000006호
등록일자 § 1999. 5. 31
어람번호 § 제1-2917호

주소 § 경기도 부천시 원미구 부일로 483번길 40 서경B/D 3F (우) 14640
전화 § 032-656-4452 팩스 § 032-656-4453
http://www.chungeoram.com
E-mail § chungeorambook@daum.net

ⓒ 요람, 2017

ISBN 979-11-04-91759-2 04810
ISBN 979-11-04-91433-1 (세트)

요람 장편소설

FUSION
FANTASTIC
STORY

12

천 번의 환생 끝에

도서출판 청어람

천 번의
환생 끝에

Contents

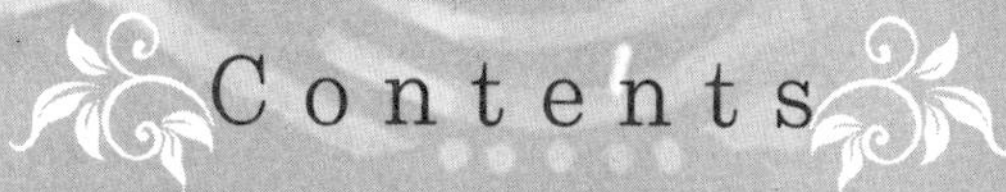

Chapter83

다시 배우로 II

"혹시 몰라서 애 하나 같이 태워서 보내 확인시켰거든. 그랬더니 도착해서 이성준 그놈, 오성 쪽 인원한테 돈을 받고 사라졌어."

"……."

지영도 사실 예상은 했다.

애당초 이걸 예상 못 하는 게 웃긴 일이었다.

난간에 등을 기댄 지영은 한숨을 내쉬었다.

"예상은 했지?"

"했지. 못 하는 게 등신이지."

"이제 어쩌게?"

"당분간은 못 움직일걸? 이성준 그놈, 일단 제대로 털어는 놨잖아."

"그렇기야 하지."

지영은 이성준을 처리할 수 없는 상황이 되자, 임수민에게 다른 부탁을 했다. 그의 정신을 파괴하는 작업이었다. 특정한 영상, 소리 등을 이용해 사지를 구속해 놓고 계속해서 잠도 못 자게 하면서 자극을 줬다.

동시에 임수민이 블랙마켓에서 산 체내에 남지 않는 자백제까지 사용해 가면서 놈을 극한으로 몰아 붙였다.

중간중간 전기 쇼크와 고강도 고문이 이어졌다,

놈은 그때 죽음을 느꼈을 것이다.

악마를 봤다고 생각했을 것이다.

놈에게는 불행이고, 지영에게는 다행으로 이성준의 멘탈은 그리 강한 편이 아니었다. 고작 하루가 지나는 시점에서 놈의 멘탈은 너덜너덜하게 찢겨 나갔다. 아마 그걸 치료하려면 고생 꽤나 해야 될 것이다.

그러니 당장은 움직일 수 없다.

오성그룹도 마찬가지였다.

이번 일은 서로 공증을 했다.

이는 비공식이지만 어느 한쪽이 먼저 터뜨리는 순간, 둘 다

나락으로 떨어질 수 있을 만큼 추한 것들이 그 안에 들어가 있었다. 게다가 지영은 선수에게서 확보한 오성의 더러운 비밀과 오성의 회장, 회장을 모시는 비서실장의 개입과 그 외에도 검찰이 입맛을 다실 것들을 엄청나게 확보해 놓은 상태였다.

이게 터지면?

오성의 기둥뿌리 중 한두 개는 곧바로 뒤흔들릴 것이다. 특히 오성그룹의 주력인 전자 쪽과 IT, 스마트 폰 쪽은 답이 안 나올 정도로 거대한 타격을 입을지도 몰랐다.

미디어도 마찬가지였다. 선수를 통해서 이성준이 그동안 미디어 사장으로 있으면서 저지른 모든 비리를 확보, 일목요연하게 검증을 끝냈다.

그리고 이러한 사실을 오성도 알고 있었다. 지영이 공중에 아주 일부분을 끼워 넣었고, 그걸 통해 오성은 자신들의 더러운 비밀들을 지영이 확보했다는 것을 알 것이다. 죽은 자는 말이 없다고?

그렇기야 하지만, 그거야 기술이 발달하지 못한 옛날이나 그랬다. 지금은 비밀을 알고 있는 자를 죽여도, 인터넷 서버 어딘가에 자동으로 풀리게끔 프로그램만 해놓으면 비밀은 삽시간에 온 세상으로 퍼져 나간다. 오성도 등신이 아니라 그걸 알기에, 지영을 함부로 어쩌지 못한다.

게다가 지영이 혈혈단신도 아니었다. 회사(국가정보원)이 뒤를 봐주고 있었고, 아버지인 강상만이 현직 검찰총장이었다. 그것도, 무결점의 검찰총장이라 그를 향한 검찰들의 존경은 엄청났다. 그를 턴다는 것, 혹은 지영을 공격한다는 것 자체가 대한민국 검찰을 적으로 돌리는 행위가 될 것이고, 그건 곧 검찰이 오성을 작정하고 털어버릴 수 있는 빌미를 제공하게 된다.

여자 친구는 세계적인 작가에, 강지영이란 인간을 원하는 국가는 또 엄청나게 많다. 지금 당장 지영이 귀화를 한다고 하면?

미국은 당장에 찾아올 것이다.

천하의 오성도 미국은 버겁다.

어쨌든 오성도 지영을 함부로 건드릴 수 없는 상황이었다.

"당분간은 크게 걱정 안 해도 되겠네. 뭐, 후환을 남겨둔 것 같아 찝찝하긴 하지만."

임수민의 말에 지영은 공감의 뜻으로 고개를 끄덕였다.

지영은 원래가 후환을 남겨두는 성격이 아니었다.

자신도 모르는 곳에서 자신의 등을 노리는 적의 존재는 그 자체로 굉장히 찝찜했다. 이번 삶에서도 그랬지만, 이전 삶에서도 지영은 적은 확실히 처단을 했다. 그러나 이번 일만큼은 그러질 못했다.

이성준을 죽이는 순간, 그 순간 오성과 지영은 서로 '끝'을 보는 전쟁이 시작된다.

'나 혼자면 괜찮겠지만……'

지영은 혼자가 아니었다.

사랑하는 가족이 있었고, 사랑하는 지인이 있었고, 사랑하는 연인이 있었다.

지영이 전쟁을 시작하는 순간 필연적으로 이들은 전부 상처를 입게 될 게 분명했다. 그리고 그 상처는 단순한 마음의 상처 정도로 끝나지 않을 것이다. 이걸 알아서, 지영은 이성준을 죽일 수 없었다.

그리고 반대로 오성도 마찬가지였다. 그들은 지영과 전쟁을 시작하는 순간 검찰, 회사를 적으로 돌리게 될 거라는 걸 알고 있었다. 그래서 하지 못했다.

그러한 쌍방의 상황 때문에 결국 협상을 볼 수밖에 없었다. 어느 한쪽이든 먼저 건드리는 순간 같이 나락으로 떨어지는 협상 말이다.

"물론 끝까지 가진 않겠지만. 당분간은 조용하겠지."

"그래도 위치 찾아보고, 애들 몇 붙여놓을게."

"그래주면 고맙지. 이번 일에는 진짜 신세 많이 지네."

"후후, 너나 나나, 서로 안 도울 거면 뭐 하러 붙어 있어. 서로 딴 길 가야지."

"이번 생은 사는 게 너무 정신이 없어서 우리 저주를 풀 생각할 시간을 안 주네."

"그러게. 네가 좀 스펙터클해야지?"

"하… 내가 원한 건 아니다."

"후후, 알지. 나도 그랬던 적 많아. 이상하게 내 주변으로 일이 몰려드는 그런……. 아무래도 이 시대의 주인공은 너 같다."

주인공?

피식.

이딴 삶이라면 주인공 자리 따위, 원하지도 않는다. 인간은 살면서 대개 자신이 주인공이길 원한다. 아니, 본인도 잘 모르는 그런 마음으로 인생을 살아간다. 그러다 자신이 주인공이 아니라는 사실을 자각하고, 순응하며 살아간다. 하지만 지영은 애당초부터 그런 걸 원하지 않았다.

이유?

간단하다.

너무나 많은 주인공을 해봤기 때문에 그만큼 지쳤기 때문이다.

"그딴 주인공 자리, 개나 주고 싶네."

"후후후."

이해한다는 임수민의 웃음 뒤에 지영은 품에서 담배 케이스를 꺼냈다. 이 담배 케이스를 보자 지영은 전에 선물이라며 장훈이 순금 케이스를 줬던 게 기억났다. 그런데 재밌게도 그 안에 초소형 위치 추적 장치가 들어 있었다. 알고 줬는지, 아니면 모르고 줬는지 모르겠지만 지영은 그걸 확인한 즉시 국제 택배에 실어 멀리 보내 버렸다.

치익.

"후우……."

"이제 뭐 하게?"

"영화판 복귀해야지."

"그래. 그런데 지금 생각해 보니 넌 어째 작품마다 일이 터지니?"

"그러게……."

'리틀 사이코패스', 'Mushin: The birth of hero', '피지 못한 꽃송이여', '테러리스트', 이제 곧 개봉을 앞두고 있는 '너의 심장이 먹고 싶어'와 지금 찍고 있는 '숙 왕야'까지. 전부 한 번씩 촬영 기간 중 사건 사고가 터졌다.

피습에, 테러에, 스캔들부터 시작해 진짜, 한 편도 조용하게 끝을 본 적이 없었다.

"하나 끝났으니 이젠 촬영 끝날 때까지 조용하겠지."

"혹시 알아? 또 일이 터질지."

"농담이라도 그런 말 마라. 난 아주 지긋지긋하니까."

"알았어, 알았어. 언제 갈 거야?"

"지원 누나랑 하루 있다가 가려고."

"그래. 방 많으니까 아무거나 골라 써. 필요한 건 일 층에 거의 다 있으니까 그거 사용하고."

"고맙다."

"고맙기는. 난 그럼 스케줄 있어서 먼저 나갈게. 아, 직원들 가드 빼고는 다 퇴근시킬 테니까 식사는 알아서 해결해."

"응."

틱.

담배꽁초를 재떨이에 버린 임수민은 먼저 옥상에서 떠났고, 지영은 의자에 앉아 한참을 바람을 쐬다 다시 밑으로 내려갔다.

＊　　　＊　　　＊

지영은 송지원과 별장에서 원래 예정이었던 하루가 아닌 이틀을 같이 보내고 다시 서울로 돌아왔다. 그러곤 박종찬 감독에게 연락을 해 주변 정리가 마무리됐다고 말했다. 촬영 스케줄은 그날 바로 다시 잡혔다. 3일 뒤, 봄이 성큼 왔는데도 일기예보에 눈이 몰아칠 거라고 표시된 날이었다. 3일은 금방 지나갔다.

아침 일찍 일어나 세트장에 도착하고 나니 벌써 눈이 살살 내리기 시작했다.

"으으, 추워……."

차에서 먼저 내린 한정연이 몸을 부르르 떨고는 얼른 짐을 챙겨 대기실로 향했다. 지영도 패딩을 껴입고는 차에서 내렸다.

사박.

눈 밟히는 소리가 귀에 또렷하게 박혔다.

그리고 걸음을 뗄 때마다 뽀득, 뽀드득 소리가 연달아 들렸다. 그렇게 지영이 세트장에 도착하자 먼저 도착해 일을 하고 있던 스태프들의 시선이 일시에 몰렸다가 다시금 돌아갔다. 강지영, 워낙에 사건 사고가 많은 배우……. 그들은 이제 그러려니 했다.

미리 온풍기를 틀어놨는지 후끈한 대기실로 들어선 지영은 먼저 와 대본을 보고 있던 최민석에게 바로 다가갔다.

"선배님, 안녕하세요."

"왔나. 일은 잘 마무리됐고?"

"네, 선배님. 저 때문에 촬영이 늦어져 정말 죄송합니다."

"마, 죄송하기는. 사람이 우선이지 영화를 우선해서 되겠냐. 잘 해결됐으니 그걸로 됐다. 지원이는 건강하지?"

"네."

최민석은 그날 지영의 살벌한 표정과 매체를 통해 흘러나오는 일련의 기사들로 어느 정도 감을 잡은 것 같았다. 하긴, 이 정도 연륜에 그 정도도 눈치 못 채는 게 오히려 이상한 일이었다.

"컨디션은? 설마 감 잃고 그런 건 아니겠지?"

"제대로 잡고 왔습니다."

"허헛, 그래, 그럼 됐다. 아직 시간 좀 남았으니까 너도 좀 쉬어라."

"네, 선배님."

꾸벅.

가볍게 인사를 한 지영은 남는 의자에 앉아 대본을 꺼냈다. 지영도 프로. 손때 가득한 대본을 펼쳐 오늘 찍을 지면을 확인했다. 오늘은 눈 내리는 날, 숙이 다시금 궁에 입궐하는 날이었다.

그 전에는 인사였다면, 이번엔 논공행상 때문이었다.

하지만 결코 축하하는 분위기는 아니라 견제하는 분위기가 훨씬 더 팽배한, 마치 적진의 한복판 같은 느낌을 주는 장면이었다.

여유, 조소, 분노, 살의로 이어지는 감정 표현이 반드시 필요한 장면이기도 했다. 감정이야 사실 문제될 건 없었다. 지영은 그 어떤 감정도 가장 완벽하고, 적절하게 분위기와 대사에 실을 수 있는 아주 특별한 인간이었으니 말이다.

벌컥!

"여, 강 배우 왔다면서!"

문을 열고 들어온 박종찬 감독의 말에 지영은 다시 대본을 덮었다. 그러곤 고개를 꾸벅 숙였다.

"죄송합니다."

"이 친구가 죄송하기는? 절대 그런 소리 말아! 그보다 지원이는 괜찮고?"

"네, 믿을 만한 사람과 함께 푹 쉬고 있어요."

현재 그녀의 옆에는 임수민이 바짝 붙어 있었다. 지영이 이 세상에서 가장 믿을 수 있는 사람이니, 그녀의 안전에 대한 걱정은 이제 없었다.

"그거 다행이네, 하하. 강 배우도 어디 다친 데는 없지?"

"생채기 하나 없어요. 걱정 마세요."

"으하하! 다행이네, 다행이야. 컨디션은 어때? 몸 별로면 오늘 한 신만 찍고 가도 되네."

"괜찮습니다, 컨디션 좋아요. 그리고 날도 따뜻해지는데 얼른 찍어야 되지 않나요?"

"그렇긴 하지만 사람이 먼저 아닌가? 안 그래도 마누라가 강 배우 건강 걱정하면서 다음으로 미룰 수 있으면 미루라고 하기도 했고."

"……."

하여간… 좋은 사람들.

영화판이 그리 깨끗한 곳은 아님을 지영도 잘 안다. 그런데 이상하게 자신의 주변엔 이렇게 좋은 사람들만 있었다. 얼마 전에 생각했던, 자신이 아닌 자신의 주변 사람들이 특별한 건 아닌가? 했던 기분이 지금도 느껴졌다.

따뜻한 온기와 함께 말이다.

"오늘 컨디션 최상입니다."

"하하, 그런가? 그럼 잘 부탁하네."

"저도 잘 부탁드리겠습니다."

"그래그래, 준비 끝나면 부를 테니까 나오지 말고 쉬고 있어!"

"네."

박종찬 감독이 다시 나가고, 지영은 다시 의자에 앉아 대본을 펴 들었다. 그러곤 체크해 놨던 부분을 중심으로 다시 한 번 살펴봤다. 시간은 빠르게 흘러갔다. 하지만 그만큼 눈발도 거세졌다.

휘이잉!

덜컹, 덜커덩!

대기실 창문이 하도 흔들리는 통에 지영은 물론 최민석까지 대본을 내려놓고 자리에서 일어났다. 그리고 아주 타이밍 좋게 하얗게 눈을 맞은 박종찬 감독이 난감한 표정으로 다시 대기실로 들어왔다.

"아… 이거 어쩌지? 눈발이 너무 심한데?"

"그래?"

최민석이 박종찬 감독의 말에 대답하고는 문으로 갔다. 지영도 패딩을 챙겨 입고 문으로 갔다.

도착하고 1시간쯤 지났나?

온 세상이… 하얗게 변해가고 있었다.

눈의 여왕이 나들이라도 나온 걸까?

굳이 동심으로 돌아가지 않더라도 그런 생각이 떠올랐다.

휘이이……!

야야! 거기 대 똑바로 박아서 고정해!

언니! 언니! 미술 팀장님이 잠깐 오시래요!

바람 소리에 스태프들이 이리저리 뛰어다니며 하는 말들이 죄다 묻혔다.

휘이잉!

그러다 강풍이 한번 몰아치면 모두 몸을 웅크렸다.

"이거야 원……."

지켜보는 사람이 미안할 정도의 강풍을 동반한 눈보라였다. 최민석은 고개를 절레절레 저었다. 지영도 한숨을 내쉬었다.

"이거, 일단 스태프들 쉬게 하는 게 좋겠는데요? 저러다 다치겠어요."

"안 그래도 그러려고 했다. 야! 민철아! 야, 임마!"

박종찬 감독이 고래고래 소리를 지르고 나서야 조연출이 겨우 듣고 다가왔다. 박 감독은 바로 작업 중지 하고 휴식을 하란 지시를 내렸다. 스태프들이 지시에 따라 우르르 빠져나갔다. 그러자 텅 빈 세트장 위로 난 발자국을 메꾸려고 사력을 다하는 것처럼 눈이 쏟아져 내렸다. 거짓말 안 하고 딱 3분 정도가 지나자 발자국은 전부 사라지고, 무결점의 새하얀 세상이 완성됐다.

그걸 지켜보던 지영은 묘한 기분에 사로잡혔다.

무결점의 세상.

순수하게 그걸 부수고 싶은 욕망이 피어나고 있음을 지영은 느꼈다.

하지만 당연히 그러지 않았다.

"어휴, 봄 다 되어서 이런 폭설은 내 또 처음 보네."

박종찬 감독이 기가 차다는 어조로 그렇게 얘기하고는 안으로 들어갔다. 그때쯤 지영도 일단 시선을 떼고 다시 안으로 들어왔다. 세 사람이 나란히 앉아 한정연이 타다 준 커피로 손을 녹였다.

호, 호오.

후루룹.

커피를 마신 박종찬 감독이 다시 입을 열었다.

"어떡할까? 접을까?"

"음……."

박종찬 감독의 말에 최민석은 지영을 바라봤다. 선택권을 지영에게 넘긴 것이다. 오늘은 지영의 신이 가장 많았다. 송지원 사건 이후 최민석의 솔로 신은 이미 꽤나 찍어놓은 상태였기 때문이다.

그래서 둘이 같이 찍는 몇 개의 신을 제외하고는 전부 지영의 신이었다. 게다가 죄다 야외 촬영……. 그런데 눈이 너무 많이 오고 있었다. 도저히 감당이 안 될 정도로 오는지라, 대책이 없었다.

"저는 괜찮습니다."

하지만 지영은 바로 괜찮다는 의사를 밝혔다.

안 그래도 송지원 사건으로 일주일 가깝게 촬영이 딜레이된 상태였다. 이제 슬슬 날이 따뜻해질 것이고, 그럼 작품 속 배경에 문제가 생기게 되는 거야 기정사실에 가까웠다.

왕야 숙의 작품 속은 겨울이다. 그것도 아주 삭막하고, 혹독한 겨울이 되어야 했다. 사실 이렇게 눈이 와주는 날씨 자체는 문제가 되지 않았다. 문제는 눈이 와도 너무 온다는 점이었다. 카메라에 지영의 모습이 제대로 잡힐지가 의문일 정도였다.

실내 신을 찍어도 되지만, 이미 여기에 세팅을 끝냈으니 다시 회수하고 다른 세트장으로 넘어가면 반나절은 그냥 안녕이었다.

그래서 지영은 그냥 강행하고 싶었다.

"괜찮겠나? 눈이 너무 오는데……. 강 배우 체력이야 잘 알지만 그래도 이런 날은 까딱 잘못하면 바로 몸살이야."

"그 정도는 괜찮습니다. 요즘 기능성 제품들의 발열도 좋고요. 안 그래도 몇 벌 챙겨 왔으니까 그걸 안에 입고 촬영하면 될 것 같은데요?"

"음……."

그래도 박종찬 감독은 고심했다.

강지영의 몸값은 어마어마하다.

진짜 농담이 아니라, 지영이 외국에서 들어오는 섭외를 거절하고 있어서 그렇지, 중국이나 할리우드 작품 들어가면 한국에서는 절대 맞춰줄 수 없는 몸값을 받을 것이다. 실제로 지영의 사무실로 몇백억짜리 작품도 심심찮게 들어왔다.

그런 지영이 왕야 숙을 찍으면서 받는 출연료는 한화 약 10억 정도. 할리우드나 일본, 중국에서 들어오는 제의에 비하면 터무니없이 적은 수준이지만 솔직히 말해 충무로에서 가장 몸값이 높은 배우는 단연 지영이었다.

그러니 영화 촬영 중 지영이 다치기라도 하면? 아무리 인맥

으로 인한 출연이라고 하더라도 답이 나오지 않는 상황이었
다.

그래서 박종찬 감독은 조심스러웠다.

"걱정 마세요. 이 정도 날씨에 감기에 걸릴 정도는 아니니
까. 그리고 저, 젊잖아요."

"…어휴, 이거 마누라한테 걸리면 야단맞겠는데?"

결국은 포기한 박종찬 감독이 억지로 웃으며 그렇게 대답
했고, 최민석은 그냥 피식 웃는 걸로 대답을 대신했다.

배우가 촬영을 감행하겠다고 한다.

정말로 찍을 수 없는 상황이 아니라면 그가 보기에도 그냥
강행하는 게 맞았다.

"그럼 찍는 걸로 하고. 대신 좀 지켜보자고. 눈이 좀 그칠
수도 있으니까."

"네. 대신 지금 스틸 컷 하나 찍는 건 어떠세요?"

"스틸 컷?"

"네, 배경이 죽이잖아요?"

"그거야……."

그렇다.

지금 밖은 배경이 진짜 죽여줬다.

"숙의 북방 시절처럼 꾸미면 좋을 것 같은데. 상처 입은 고
고한 야수, 이런 콘셉트로요."

"오, 그거 좋다."

지영의 말에 최민석이 고개를 끄덕이면서 수긍하자 박종찬 감독은 한숨을 폭 내쉬었다. 어디 컷 하나 따기가 쉬운가? 몇 번이나 찍어야 함은 당연하다.

지영이 아무리 잘 표현해도 내리는 눈발에 그걸 찍는 아티스트와의 호흡도 엄청 중요했다. 배경이 좋다고 그냥 찍으면 좋은 게 나올 리 만무했다.

"잠깐 기다려 봐. 가서 말해놓고 올 테니."

"네."

박종찬 감독이 벌떡 일어나 밖으로 나가자 지영은 남은 커피를 마저 마셨다. 봉지 커피, 혹은 믹스 커피라 부르는 달달한 커피를 마시자 갑자기 허기가 졌다. 생각해 보니 아침도 걸렀다는 걸 깨달은 지영은 한정연에게 뭐 먹을 게 있나 물어보려다가, 그냥 관뒀다.

'없으면 나가서 사 올 사람이니까⋯⋯.'

군것질을 잘 안 하는 두 사람이다. 그리고 그건 지영도 마찬가지였고. 만약 없으면? 두 사람은 말려도 차를 끌고 밖으로 나갈 것이다. 한정연이나 이성은이라면 충분히 그러고도 남았다. 그래서 괜히 고생시키기 싫었다.

잠시 뒤 박종찬 감독에게 연락이 왔다. 30분 정도면 준비될 거라는 메시지였다. 지영은 일어나 의상을 갖춰 입었다.

콘셉트는 상처 입은 고고한 야수.

장군 의상을 입고, 얼굴에는 흉터와 상처 입은 분장을 넣었다. 머리는 치렁치렁한 전형적인 무사의 느낌이 나게 세팅을 했다.

창백한 얼굴, 사실 상처만 아니면 무사보다는 학자에 가까운 분위기가 풍기고 있었다. 하지만 이 정도면 훌륭했다.

30분이 지나고 밖으로 나가자 스태프 몇 명 빼고는 전부 멀찍이 떨어진 컨테이너 안에서 구경을 하고 있었다.

"……."

뿌드득.

눈이 밟히는 소리가 바람 소리를 뚫고 귀로 들어오자 지영은 저도 모르게 웃었다. 그러곤 자신의 세상에 발을 들인 이에게 화가 난 것처럼 몰아치는 바람 때문에 고개를 살짝 숙이며 천천히 걸음을 내딛기 시작했다.

*　　　　*　　　　*

"장군!"

"장군! 가셔야 합니다!"

"……."

숙은 곁에서 들려오는 통렬한 외침에도 그저 말없이 전방을 노려봤다. 난전 중 칼등에 맞은 머리에서는 피가 뚝뚝 떨어지고 있었다.

세상이 붉었다.

세상이 하얗다.

붉고, 하얀 세상의 건너편에 오만하게 서 있는 북방의 흉왕이 무심한 눈빛으로 자신을 내려다보고 있었다.

씨익.

그러곤 웃었다.

마치 재미있는 장난감을 만났다는 것처럼.

"장군! 이만 빠지셔야 합니다! 적의 증원군이 오면 포위당할 것이고! 그땐 빠져나가기 쉽지 않을 것입니다!"

"……."

안다.

알아.

그걸 왜 모르겠나.

하지만…….

숙은 흉황에게 도달하는 시야 곳곳에 보이는 아군의 시체를 보며 입술을 꾹 깨물었다.

너무 많이 죽었다.

저자의 전략에 걸려 헛된 정보를 받았고, 군을 출정시켰다. 치고 빠지는 기습전이라 정예 오백만 이끌고 나왔고, 함정에 빠졌다. 일차 기습이었던 화살 공격에 반수가 넘는 병사들이 죽었고, 이차 기습에 또 남은 병력의 반이 죽었다.

겨우겨우 포위망을 뚫고 도망 왔지만 뒤는 천길 낭떠러지였다.

다행인 점은 흔들 다리 하나가 위태롭게 건너편과 연결되어 있다는 것.

옆에 수하는 그 흔들 다리를 통해 얼른 도망가란 소리였다.

하지만 그렇게 되면?

누군가는 여기서 저 다리를 지켜야 한다.

안 그러면 적이 끊어버릴 테니까.

그런데 그 자체가 목숨을 내놓아야 하는 일이다. 그러니 이들은 자신에게는 살아 달라 부탁하고 있는 거고, 그 대신 본인들이 죽게 해달라고 부탁하고 있는 거였다. 뭐, 이런 부당하고 어이없는 부탁이 다 있단 말인가.

"장군, 제발……."

"……."

"죽어간 동료들의 원한을 갚아주서야 하지 않습니까!"

수하, 재준의 간절한 외침에도 숙은 묵묵부답이었다.

그저 뚫어져라 자신을, 자신의 수하를 도륙한 자를 노려볼 뿐이었다.

지금 숙은 가슴이 타는 것 같았다.

첩보를 제대로 검증하지 않고 군을 끌고 나온 자신의 미련함에, 모자람에 정말 치가 떨렸다. 급했다. 보급로가 차단당했기 때문에 적의 이목을 끌 필요가 있었고, 정말 우연찮게 적의 보급로를 파악했다.

그런데 그게 적의 모략이었다.

전쟁에서 보급은 문자 그대로, 생명 줄이었다.

아군의 생명 줄이 막혔고, 그걸 타개할 방법이 없다면 숙은 최소한 적군도 그런 상황으로 만들어놔야겠다는 생각을 했다.

그래서 너무 급하게, 평소였으면 끝까지 검증을 하고 난 뒤 움직였을 것을, 그러지 않고 군을 움직였다.

그 뼈저린 실책.

"후우……."

그래서 지금 차디찬 대지 위에 피를 흩뿌리며 쓰러진 이들을 볼 면목이 없었다.

"장군!"

"어서 가셔야 합니다! 시간이 없습니다!"

마치 신하들이 군주에게 '통촉하여 주시옵소서…' 읍소를 하는 것처럼 수하들이 바짓가랑이를 붙잡고 매달렸다.

까드득!

절로 이가 갈렸다.

부득부득, 부러질 것처럼 갈렸다.

숙은 천천히 수하들을 돌아봤다.

팔이 잘린 놈, 다리 살이 쩍 벌어진 놈, 눈에 화살을 박고 있는 놈, 쏟아져 나오려는 내장을 억지로 쑤셔 넣고 있는 놈……. 정상인 놈이 하나도 없었다. 그런 놈들이 자신을 살리려고 울고불고 매달리고 있었다.

숙은 다시 전방을 봤다.

처참한 몰골로 바닥에 쓰러진 수하들. 이미 숨이 다 끊어졌는지 일체의 미동도 없었다. 흘러내리는 피가 새하얀 대지를 붉게 물들여 가고 있었다.

으득!

뿌드득!

참패다.

이 이상 처참할 수 없었다.

이 이상 처절할 수가 없었다.

"내 너희를……."

잊지 않으마.

숙은 마지막 말은 삼켰다.

그러나 수하들은 숙이 무슨 말을 하려고 했는지 벌써 알아챘는지 히죽히죽 잘도 웃었다. 누런 이를 내보이며 웃는 놈들을 보자니 괜히 실소가 나올 것 같았다. 하지만 숙은 마음을 다 잡았다.

그러곤 천천히 신형을 돌렸다.

끼이익.

끼이익.

휘이잉!

흔들 다리가 흔들리는 소리를 뚫고, 절벽을 맴도는 바람소리를 뚫고 수하들의 목소리가 들려왔다.

"야, 그래도 우리가 주군 복은 있지 않았냐?"

"그럼. 저 사람을 모실 수 있어, 구할 수 있어 다행이지."

"흐흐, 나도 그렇다. 꼬라지지 마라. 장군 다 넘어가실 때까지. 알았냐?"

"새꺄, 너나 잘해. 죽어도 장군이 건너가는 모습은 보고 뒤질 거니까."

"우아……!"

숙이 반 이상을 건너갔을 때쯤, 천지를 뒤흔드는 거대한 파동이 울렸다. 여태 기다리던 적의 기마대가 다리를 지키는 수하들에게 돌격을 시작한 것이다.

두드드드! 말발굽이 대지를 두들기는 소리, 챙! 차앙! 병장기 부딪치는 소리가 연달아 흘러나왔지만 숙은 뒤돌아보지 않았다. 그렇게 그대로 다리를 건넜다.

쉬이익!

픽!

어깨를 관통하는 화살 때문에 잠시 휘청거렸지만, 숙은 다시 걸음을 뗐다. 그렇게 숙이 다리를 다 건너자 소란이 멎었다.

살아남은 놈은 없었다.

Chapter84
그리도 제가 싫었습니까?

숙은 눈을 떴다.

"……."

싸늘한 한기가 방 안을 맴돌고 있었다. 잠에서 깬 숙은 으스스한 오한을 느꼈다. 꿈을 꿨다. 3년 전의 꿈. 숙의 인생에서 가장 후회스러운 날의 기억은 잊을 만하면 꿈속에 나와 그의 정신을 뒤흔들었다.

주르륵.

몸에서 난 열 때문에 맺힌 땀방울이 방울방울 조각 같은 상체 위로 미끄러져 내렸다.

뚝, 뚝.

꼭 이랬다.

그 꿈만 꾸면 온몸에서 열이 펄펄 끓었다.

그리고 깨고 나면 너무나 지쳤다.

정신적으로 한계까지 몰아붙이는 그런 느낌. 그래서 이 꿈을 꾸고 나면 항상 나른했다가 회복하는 과정으로 들어설 때엔 이상하게 날이 바짝 섰다. 툭 건드리기만 해도 칼부림을 일으킬 것 같은 기세를 줄줄이 사방에 뿌렸다.

이때의 숙은 그 누구도 건드리지 않았다.

숙은 자신의 이런 상태를 '벌'이라고 불렀다.

그날, 혼자만 살아 돌아온 것에 대한 벌(罰) 말이다.

"음……."

벌이 시작되서 그런지, 관통당했던 왼쪽 어깨가 쑤시기 시작했다. 때로는 불로 지지는 것처럼, 때로는 얼음으로 마비시키는 것처럼 아팠다. 말로 형용할 수 없는 그런 고통이다.

"후우……."

숙은 크게 심호흡을 하곤 명상에 들어갔다.

벌을 받는 시간 동안은 감정 기복이 매우 커진다는 것을 스스로도 잘 알고 있었다. 마치 아낙네들이 널뛰기를 하듯이. 그렇게 왔다 갔다 한다. 그러한 자신이 마음에 들지 않아 또 매우 난폭해지기까지 했다. 그래서 어느 순간부터 벌이 시작되면, 반드시 명상으로 마음을 진정시켰다.

이러한 명상은 오래갔다.

아니, 오래 해야 효과가 있었다.

이 명상법을 알려준 노인은 북방에 가는 길에 만난 도인인데, 그는 비범했다. 유배지로 떠나듯 북방으로 향하던 숙 일행을 하루 재워주고, 치밀어 오르는 분노에 잠 못 이루던 숙에게 알려준 게 바로 이 명상법이었다.

숙의 입술이 어느 순간부터 달싹거렸다.

마치 주문을 외우듯이, 경(經)을 외우듯이.

한 시진 가까이 명상을 끝내고 나서야 숙은 눈을 떴다. 명상할 때는 느끼지 못했던 서늘한 한기가 몸을 휘감았다. 하지만 숙은 오히려 그 한기가 들끓던 감정을 식혀주는 기분이 들었다. 자리에서 일어난 숙은 이부자리를 정리하고, 의복을 갖춰 입었다.

아직 밖은 눈이 내리고 있었다. 북방에서 떨어져 있다고는 하지만 제국의 황도 자체가 북쪽에 위치해 있었다. 그래서 이곳은 삼월에도, 사월에도 눈이 내렸다.

드르륵.

미닫이문을 여니 온 세상이 하얗게 변해 있었다.

소복하게 쌓인 눈을 보자 숙은 좀 더 가슴이 차가워짐을 느꼈다. 숙은 칼을 들려다가, 도로 내려놨다. 안색은 평온하지만 실상 그리 평온한 건 아니었다. 툭 치면 즉각 손이 날아갈 상황이었다.

'벌'은 명상 정도로 완전히 잠들 만큼 만만한 놈이 아니었다.

세안을 하고, 아침을 먹고, 다시 다른 예복으로 갈아입었다.

오늘은 다시 궁에 들어가는 날이었다.

논공행상.

북방의 이민족을 물리친 숙을 치하하는 자리가 열릴 예정이었다. 그런데 눈이 오고 있었다.

보통 궁궐의 대전 앞에서 논공행상이 열리는 걸 숙은 잘 알고 있었다. 그런데도 아직 아무런 전갈이 없었다. 논공행상은 꽤나 오래 열린다. 그동안 숙이 보내왔던 서신들을 바탕으로 하나의 이야기가 만들어지고, 그 이야기를 널리널리 알리겠다는 마음으로 발표를 한다. 이것 하나만으로도 최소 반 시진은 날아간다.

그다음은 축하연이 있다.

공로를 치하하는 의미로 제국에 소속된 악단이 공연을 펼친다. 이걸로 또 반 시진은 간다. 그다음이 제국의 황제가 직접 공로를 인정한다는 발언과 신하들에게 어떠한 상이 좋겠냐고 묻고, 회의가 시작된다.

그리고 회의 결과를 다시 발표하고 나면 끝이 난다. 그럼 그동안 숙은? 꼼짝없이 자세를 잡고 황제의 앞에 서 있어야 한다.

'이렇게… 눈이 오는 날 말이지.'

"후후……."

숙은 저도 모르게 흘러나오는 조소를 막지 못했다. 지금까지 행사가 취소됐다는 전갈이 오지 않을 걸 보면 순은 숙을 이런 눈 내리는 날씨에 몇 시진 동안이나 밖에 세워둘 작정이 틀림없었다.

이게 또 평정을 자극했다.

숙은 눈을 감았다.

들어가기 전부터 날을 세울 필요는 없었다.

일단 그렇게 생각했다.

눈을 감고 있길 한참, 시간이 됐다.

"왕야, 입궐하실 시간이옵니다."

딱 맞춰 연화가 문 밖에서 조용히 건넨 말에 숙은 눈을 뜨고 자리에서 일어났다. 드르륵. 다시 문을 열고 밖으로 나가자 말과 대나무로 만든 우산을 공손히 들고 있는 연화가 보였다. 숙은 말없이 말 위에 올라 우산을 받아 펼쳤다.

천천히 말을 몰아 숙소를 나오자 북신단(北神團) 전원이 도열해 있었다.

"가자."

"예, 장군."

자신의 애병, 진홍(眞紅)을 받쳐 든 철상이 대답하고는 바로 옆으로 말을 몰아붙였다. 숙은 그 길로 바로 대로로 나가, 궁을 향해 천천히 이동했다. 이른 아침이지만 일을 하기 위해 밖으로 나섰던 제도의 백성들은 숙을 알아보고 모두 고개를 조아렸다. 이미 그의 이름과 그가 이룩한 업적, 세운 공은 제도에도 널리널리 알려진 상태였다. 이는 연화가 세운 작전으로 혹시 모를 사태에 대비해 민심을 돌리기 위해서였다. 비록 의도가 그리 순수하지는 못하나 거짓은 없으니, 순도 모른 척 고개를 끄덕였다.

궁에 도착했다.

이르지도, 늦지도 않은 시간이었다. 이번엔 제대로 지시를 받았는지 숙이 오자 성문 위사들은 바로 문을 열었다. 숙은 열린 문 사이로, 천천히 걸어갔다.

궁으로 들어온 숙은 무심결에 하늘을 올려다봤다.

해조차 뜨지 않은 뿌연 하늘.

아니, 잿빛의 하늘.

그 하늘에서는 역설적이게도 새하얀 눈이 내렸다.

'더러움 속에서 피어난 순결함이라……'

"후후."

스스로가 기이하다 생각될 만큼 숙은 이 상황이 마음에 들었다.

날씨도, 순의 속내도, 그리고 자신이 '벌'을 받고 있는 상황도.

작금의 모든 것이 이상하게 마음에 들었다.

좀 더 앞으로 나가자 논공행상을 하는 곳에 도착했다.

그곳에 도착한 숙은 저도 모르게 또 조소를 흘리고 말았다.

중앙은 텅 비어 있었다.

단단한 대리석 바닥 위에 눈이 쌓여 있었다.

하지만 양옆으로 신하들이 설 곳에는 막사가 설치되어 있었다.

"이 무슨……"

뒤따라온 철상이 어이가 없는 기색으로 말을 흘렸고, 그 말과 동시에 북신단에게서 예리한 기세가 피어오르기 시작했다. 이는 무시였다. 그것도 그냥 개무시였다. 북방에서 처절하게 싸우고 돌아온 대장군이자 왕야인 숙은 그냥 눈을 맞게 두고, 이곳 제도에서 따뜻한 집, 밥을 처드시며 호가호위한 신하들은 눈을 피할 거처를 마련해 준다?

그것도 대장군 숙의 전공을 치하하는 이 장소에서?

분노가 들끓지 않을 수가 없었다.

그들이 아무리 칼만 휘둘렀다고 해도, 지금 이 의미를 모를 머저리들은 아니었다.

"그만. 기세를 거둬라."

"하지만 장군……!"

"거두라 하였다."

"…예, 장군."

철상이 한숨을 내쉬고 손을 들자, 잿빛 하늘을 가를 듯이 솟구치던 기세가 순식간에 누그러들었다.

숙은 다시 하늘을 올려다봤다.

부글부글 끓는 건 숙도 마찬가지였다.

정해진 시간은 다 되어간다.

근데 대신들은 고작 열 명 정도가 나와 있을 뿐이었고, 나머지들은 전부 행상을 준비하는 일꾼들이었다.

'이렇게까지 나오시는 겁니까?'

명백한 무시.

숙은 이렇게까지 하는 순이 이해가 되면서도, 이해할 수 없었다. 왜 대체 자신을 그리 싫어할까?

숙은 황좌(皇座)를 노리지 않았다.

애초에 관심도 없었다.

숙은 그저 만백성을 위해 생을 받치고 싶었다.

대장군이 아닌 왕야의 자리에서 말이다.

‘그런데, 그런데도… 그런 마음을 알면서도!’

자신이 두각을 드러내기 시작하자 순은 숙을 숙청했다. 죽일 수는 없으니 저 멀리, 높디높은 만년설이 덮인 산맥 너머 척박한 북방으로 보냈다. 그것도 고작 간신 귀례의 속삭임에 넘어가 말이다.

귀례는 그래서 숙이 직접 죽였다.

그리고 그날, 북방으로 떠났다.

그랬었다.

“그랬으면…….”

제국에 평화를 이 손아귀에 쥐어 돌아왔으면……!

최소한의 예의는 지켜줬어야 하지 않나?

‘아니, 어차피 알고 있었지. 이제와 이런 대접을 한들, 변하는 것은 없다.’

이번 논공행상이 끝나면 그저 북방으로 돌아갈 뿐이다.

그리고 가서 칼을 갈 것이다.

제국의 심장부를 노릴, 그런 칼날 말이다.

숙의 눈이 차갑게 가라앉았다.

좀 더 시간이 지나자 대신들이 하나둘씩 모습을 드러내기 시작했다. 가관이었다. 의복도 제대로 갖추지 않고 하품을 쩍쩍하며, 심지어 수염에 침이 하얗게 묻어 있는 자도 있었다.

숙의 싸늘한 시선을 받은 그들은 큼큼, 헛기침을 하며 그의 시선을 외면했다.

"이런 자들이… 제국을 통치하고 있는 건가."

큭…….

헛웃음이 나왔다.

숙은 고개를 들었다.

여전히 잿빛 하늘에서는 하얀 눈송이를 내던지고 있었다. 숙은 우산을 치우고 눈을 감았다. 눈이 얼굴에 떨어지며 순간적으로 피어나는 차가움이 터지기 직전의 숙을 달래줬다. 안 그래도 '벌'이 시작된 마당이다.

감정이 들쑥날쑥해서 스스로도 지극히 위험하다 판단하는 지금 이때에 저런 모습은 정말 너무나 참기 힘들었다.

그래서 눈을 감았다.

저 꼴을 지켜보는 게 너무나 힘들어서.

그렇게 이각쯤 지났을 때였다.

숙의 어깨에 하얀 눈이 소복하게 쌓였을 때쯤, 둥! 둥! 북소리가 울렸다.

"황제 폐하 납시오……!"

다시 한번.

황제 폐하 납시오!

내시가 두 번이나 소리치고 나자 주변에 정적이 찾아왔다.

숙은 그때도 눈을 뜨지 않았다.

이미 예정 시간을 넘겼다.

타의 모범을 모여야 할 제국의 황제가, 자신이 밉다는 이유로 정해진 시간을 어긴 것이다. 그것도 고의적으로 말이다.

"끝났소, 순 형님……."

어차피 정도 없었지만 가슴 한편에 남아 있던 최후의 저지선마저 무너졌음을 숙은 느꼈다.

둑, 뚜둑.

쏴아아…….

눈발에 비까지 섞여 떨어지기 시작했다.

차갑게 얼어붙은 마음을 더 꽁꽁 얼려 버릴 작정인 것 같았지만, 그나마 다행이었다. 분노로 가득한 숙의 열기를 식혀줄 수 있으니까. 실제로 홀딱 젖은 숙의 몸에서 증기가 시작했다.

숙은 그 감각을 느끼면서 천천히 눈을 떴다.

그러곤 천천히 사방을 둘러봤다.

간이 천막에 모든 대신들이 앉아 있었다.

순도 마찬가지였다.

황궁 시녀가 씌워주는 널따란 우산을 쓰고 있었다.

하지만 자신은……?

아무도… 아무도 없었다.

연화가 다가와 숙이 버린 우산을 들어 씌워줄 때까지 그 어떤 움직임도 없었다.

“연화야.”

“예, 왕야.”

“북방에 처음에 도착했을 때도 이런 대접은 아니지 않았느냐?”

“예, 왕야.”

그들은 무시했지만, 그래도 어린 숙을 챙겨줬다. 수련으로 다치면 약을 가져다 줬고, 원기를 회복할 밥을 가져다 줬다. 그가 먼저 말해 바라지도 않았지만 그들은 그저 숙이 어려서, 지켜야 할 대상으로 생각해서 그렇게 해주었다.

그 척박한 북방 땅에서도 그랬단 말이다.

그런데 지금 이곳은…….

기가 차서 말도 안 나왔다.

그때였다.

“대장군 숙은 그 자리에서 예의를 갖추어라!”

까랑까랑한 내시의 외침이었다.

논공행상을 시작할 모양인 것 같았지만… 예의?

‘무슨 예의……?’

고작 신하인 니들이 왕야인 나를 보고도 무시하는 그런 예의? 너무 어이가 없는 말에 숙은 그저 피식 웃어버리고 말았다.

예의를 갖춰라?

이 와중에? 이리 모욕과 멸시를 주고, 이제 와 예를 갖추라고?

숙의 조소에 대신들 사이에 웅성거림이 일어나기 시작했다.

솔직히 이는 엄청 무례한 행동이었다.

하지만 이미 순이 자신을 마치 죄인을 취급하는 것처럼 구니, 이제는 자신도 더 이상 예의를 갖추기 싫었다.

분위기가 이상해지자 북신단의 기세가 다시금 올라오기 시작했다. 하지만 경거망동하지는 않고 딱 일정 수준에서 멈춘 채 유지했다. 숙은 북신단이 만일의 사태에 알아서 대비를 하자 만족스러운 미소를 지었다.

손발이 맞는 정도가 아니라 수없이 많은 전투를 같이 겪으며 이제는 숙의 행동에 알아서 반응하는 지경까지 이르렀다.

"어서 예의를 갖추지 않고 무얼 하느냐!"

"……."

숙의 시선이 진행을 맡은 신하에게 향했다.

염소수염을 기른 신하가 숙의 시선에 흠칫! 몸을 떨었다.

"그대의 이름은?"

"그… 헌원영이오!"

"이오……?"

아주 어이가 없었다.

논공행상이다.

황제 순이 앞에 있지만, 그렇다고 진행을 맡은 자가 저렇게 무례해서는 안 되는 일이었다. 게다가 숙의 신분이 어디 보통 신분인가? 왕야이자, 북방군을 이끄는 대장군이다. 사실상 황제 순의 바로 아래라고 봐도 마땅했다.

그런데 반말을 한다?

제국의 법으로 즉참해도 할 말이 없는 중죄였다.

하지만 숙은 알았다.

그 자체가 순이 원하는 것임을.

이 논공행상 자리에서 숙이 스스로 먼저 피를 뿌리게 만들어 명분을 쥐고 싶어함을 알았다.

숙은 시선을 돌렸다.

순의 가장 근처에 서 있는 악치원, 그에게 가서 멎은 시선은 소름 끼치게 싸늘했다. 지금 이 일련의 상황은 저자의 머리에서 나왔음을 숙은 알았다.

숙이 제도에 와서 마냥 놀고먹기만 한 건 아니었다.

연화에게 황제 순의 주변을 샅샅이 조사시켰고, 그리 비밀도 아닌지 며칠 만에 연화는 황제의 주변 권력도를 아예 그려 왔다. 그 권력도의 최정상에 있는 자가 저자, 악치원이었다. 북방으로 떠나기 전 자신이 직접 죽인 간신 귀례의 뒤를 잇는 자. 황제를 만나기도 전에 먼저 찾아왔을 때부터 알아봤지만 이자 또한 거만하고, 오만하며, 간사하고, 간악했다.

씨익.

숙은 웃었다.

후드득 떨어지는 눈과 빗방울 사이를 가로질러 미소에 담긴 살의가 악치원에게 날아갔다.

그도 알았다.

숙이 웃음 속에 담긴 의미를, 그가 자신을 보고 웃은 이유를. 그렇지만 악치원은 담담했다. 이곳은 제도의 심장부이고, 이 심장부에서는 그가 왕이었기 때문이다. 황군? 순의 명령보다 그 자신이 내려야 움직인다.

순이 명령을 내려도 악치원의 눈치를 보는 시대인 것이다.

그런 것이다.

지금 이 시대는.

그래서 그는 지금 무서울 게 그리 없었다.

북신단의 강력함은 이미 조사해 알고 있었다.

하지만 몇만 황군이 있고, 가까운 곳에 최정예 궁 위사단 오천이 대기하고 있었다. 만약의, 최악의 상황이 오더라도 저들은 살아 나가지 못할 것이다.

그리고 악치원은 숙이 그 정도는 알고 있을 거라고 봤다.

그래서 경거망동하지 못할 것이라 생각했다.

하지만 그는 잘못 생각했다.

왕야이자 대장군인 숙이 지난 세월간 어디에 있었는지를,

지금 당장 장소가 제도이기에 그는 미처 생각하지 못하고 있었다.

숙의 시선이 진행자에게 넘어갔다.

다시 씨익.

부드러운 미소였다.

물론, 감이 안 좋은 이에게만 그리 보이는 미소였다.

묘하게 붉은 입술이 슬며시 열렸다.

"언제부터 논공행상에 공을 세운 이를 한낱 진행자가 막 부르도록 되어 있었지?"

"그, 그게……."

"더욱이 나는 제국에 하나밖에 없는 왕야이며, 북방군을 통솔하는 대장군이다. 그대는 이런 나보다 직위가 높은가?"

"……."

나직하게 나온 숙의 말에 진행자는 안절부절못하면서 악치원을 힐끔 돌아봤다. 그러나 악치원은 그에게는 눈길조차 주지 않고 있었다. 그저 심유한 표정으로 바닥만을 바라보고 있었다. 피식.

무서워서 피한 건 아닌 것 같았다, 라고 숙은 생각했다.

'건방지구나……. 너무나 건방져.'

실소가 안 나올 수가 없었다.

"이 공간에 있는 그대들이 지금 누구 때문에 평화를 누리고 있는지… 잊은 것이더냐."

숙은 다시 진행자에게 시선을 돌렸다.

"제국의 신하이니 법령은 잘 알 터, 내게 가진 권한으로 그대를 벌하고자 한다. 이의 있느냐."

"저, 이게… 그것이."

"철상아, 진홍을 다오."

"예, 장군!"

철상이 한달음에 다가와 진홍을 내밀었다.

진홍을 받아 든 숙은 제단 위, 순을 바라봤다.

서로 눈이 마주치자 숙은 다시 씩 웃었다.

그리고 당연하지만 반대로 순은 인상을 굳혔다.

'당신의 생각대로 이 숙이 움직였을 것 같습니까?'

이러한 무례에는 두 가지의 의도가 숨어 있었다.

하나는 좀 전처럼 숙이 날뛰어 숙을 참할 명분을 만드는 것, 그럼 다른 하나는? 숙이 순순히 따랐을 경우다. 만약 숙이 따르게 되면 숙의 위엄은 그 자리서 파도를 맞은 모래성처럼 허물어질 것이다.

왜? 순순히 따른다는 것 자체가 굴종의 표시이기 때문이다.

그래서 이렇게 양방향으로 덫을 놓았지만 숙은 생각보다 더 대단하고 대담한 인간이었다.

'명분 그것, 내가 쥐면 되겠지.'

며칠 전 시간을 내서 제국의 법령을 모두 살펴봤다. 확실히 아무리 논공행상이라도 이래서는 안 되는 법이다. 그리고 이런 자리라 한들 감히 신하된 자가 지배자의 한 축을 맡고 있는 숙에게 반말을 한다는 건 말이 안 되는 일이다.

그러한 행동 자체가 모독(冒瀆)이자, 모멸(侮蔑)이자, 모욕(侮辱)이다.

악치원은 사람을 잘못 봤다.

"황제 폐하."

"말하라."

"이자는 제국의 왕야이자 대장군인 저를 모욕했습니다. 이는 곧 제국의 황제이신 형님 폐하를 욕보인 것과 마찬가지라 생각됩니다. 하여, 제가 직접 벌을 내리려 합니다. 이는 황가의 권위를 세우는 데 일조하기 위함이니, 이해해 주시겠습니까?"

"……."

순은 침묵했다.

숙은 그 침묵과 함께 꾸욱 깨무는 입술을 보며 순이 자신의 뜻대로 되지 않자 화가 나기 시작했음을 알았다. 하지만 이 말을 던짐으로써 이미 명분은 숙이 쥐게 됐다.

이래서, 이래서 순이 안 되는 거다.

명분을 쥐고 싶었으면 숙이 저 말을 했을 때 바로 불가를

외쳤어야 했다. 그게 아니면 어차피 도리에 어긋나는 거, 숙을
모욕한 진행자를 두둔했어야 했다. 그렇게 했으면 숙은 이 자
리를 벗어나는 방법을 택했을 것이다.

왜?

두 가지다 선택할 수 없으니까.

하지만 저 머뭇거림에서, 침묵에서 숙은 이미 답을 받았다.

스르릉.

숙은 진홍을 뽑아 들었다.

칙칙한 잿빛 하늘에 몰아치는 진눈깨비.

거기에 불그스름한 진홍은 당연하지만 조금도 어울리지 않
았다.

자박, 자박.

걸을 때마다 물이 튀었다.

이미 고이기 시작한 물이 정적을 사정없이 두들겨 깼다.

"어, 어어……."

진행자가 뒷걸음질을 쳤다.

그리고 저도 모르게 자꾸 악치원을 바라봤다.

무심한 눈빛의 악치원은 그를 당연히 모른 척했다.

아마 살려달라고, 당신이 시키지 않았냐고 고래고래 소리를
질렀어도 악치원은 눈 하나 깜빡하지 않을 것이다. 그걸 받아
봐야, 지금 괜히 나서봐야 이미 일변한 분위기를 되돌리기엔

늦었다는 걸 그 스스로가 가장 잘 알았다.

악치원의 외면에 그는 절망했다.

분위기를 보니 이는 너무나 심상치 않았다.

그래서 다시 시선을 숙에게 돌렸다.

"아, 나는 그, 그저……."

"……."

스가악…….

숙의 진홍이 그 말을 끝까지 듣지도 않은 채 가슴을 사선으로 갈라 버렸다. 진홍빛 섬광이 순식간에 눈앞을 스쳐가자, 그는 본능적으로 자신의 가슴을 바라봤다. 사르르 갈라지는 의복. 그 안에 자신의 갈라지는 살결, 그리고 배어 나오는 핏방울.

멍하니 입을 벌린 그는 숙을 바라봤다.

하지만 아무런 말도 할 수 없었다.

시야가 마구 흔들리더니, 순식간에 시꺼멓게 변했기 때문이다.

털썩.

그렇게 그가 쓰러지고, 엎어진 그의 몸에서 붉은 피가 흘러나오자 숙은 다시 한번 씨익 웃었다.

"그러게 상대를 잘 고르지 그랬느냐."

흠칫.

숙의 돌발 행동과 좀 전에 나직하게 흘러나온 그 말을 들은 악치원은 저도 모르게 몸을 떨었다. 고개를 들지 않아도 알 수 있었다. 그가 자신을 보고 있음을. 새파랗게 빛나는 살기 어린 눈빛으로, 자신을 보고 있음을.

악치원은 고민했다.

들어야 할까, 말아야 할까.

이는 기 싸움이다.

물러나서는 안 된다는 생각에 악치원은 고개를 들었다. 그러곤 봐야만 했다. 맹수가, 야수가…… 상처 입은 고독한 늑대가 자신을 향해 시린 미소를 보내오고 있음을. 그리고 그 미소를 보면서 직감했다.

이제는… 전쟁이다.

둘 중 하나, 죽기 전에 끝나는 전쟁의 서막이 지금 이 순간, 올랐다.

*   *   *

"컷! 오케이!"

박종찬 감독의 사인에 숙은, 아니, 지영은 눈을 몇 번 깜빡이고는 기세를 풀었다. 그러곤 하늘을 다시 올려다봤다. 비가 섞인 눈이 얼굴로 후드득 떨어지자 정신이 좀 돌아오는 것 같왔다.

한정연이 얼른 달려와 우산을 씌워줬다.

"괜찮아?"

"네? 왜요?"

"아니, 너 눈이… 너무 살벌해서."

"에이, 감정신 한두 번 찍나요? 괜찮아요. 그냥 열이 좀 나서 식히려고 그런 거예요."

"그래? 근데 지금 춥지 않니?"

"감정 좀 끌어 올렸더니 더운데요? 그래도 감기 걸릴지 모르니까 바로 안으로 들어갈게요."

"응, 메이크업도 수정해야 하니 얼른 들어와!"

"네네."

우산을 받아 든 지영은 박종찬 감독에게 갔다.

"어때요?"

"어떻긴? 강 배우 연기에 언제 문제 있던 적이 있던가? 하하."

"에이, 저도 사람인데요, 뭘. 아, 선배님. 고생하셨습니다."

최민석이 우산을 쓴 채 다가오자 지영은 인사를 했다. 그러자 그는 피식 웃더니 지영의 어깨에 내려앉은 눈을 손으로 툭툭 쳐서 털어줬다.

"고생은 무슨 고생. 나는 천막 아래 있었고, 너는 눈발 맞으면서 연기했는데. 고생이야 네가 했지. 허허."

겸연해하는 그의 얼굴엔 확실히 미안함이 있었다.

"그만들 하고, 다음 신까지 강 배우 쉬어야 하니 얼른 영상부터 보자고."

"그러세."

"네."

박종찬 감독이 상황을 깔끔히 정리해 준 덕분에 지영은 바로 영상을 확인하고, 문제가 없어 대기실로 돌아올 수 있었다.

훈훈한 봄바람처럼 따듯한 공간으로 들어왔더니 피부에 소름이 돋는 느낌이 들었다. 그리고 진짜로 얼굴도 빨갛게 올라왔다.

"어휴, 피부가 완전 얼었네, 얼었어. 일단 팩 좀 대고 있어. 당장 메이크업은 무리니까."

"네."

적당하게 따뜻하게 데워진 팩을 받아 얼굴에 덮은 지영은 소파에 누웠다. 그러자 이성은과 한정연은 같은 팩을 지영의 몸 위에 올려놓고 그 위로 모포를 덮어줬다. 추운 밖에 있어서 지영의 몸은 정말 꽁꽁 얼어 있었다.

사실 짧은 시간도 아니었다.

지영 말고 조연들이 추위에 입이 얼어 NG를 몇 번이나 내는 바람에 촬영 시간이 꽤나 오래 걸렸다. 그러는 동안 지영의 몸은 저도 모르게 많이 얼었다. 추위에 노출이 된 몸이 한계가 지나자 점차 마비되었기 때문이다.

물론, 그렇게 심한 건 아니었다.

심했으면 촬영을 계속 이어가지도 않았을 테니 말이다.

얼굴과 모포 안쪽에서 열기가 퍼지니 잠이 솔솔 왔다.

"성은 누나?"

"응, 왜?"

"저 잠깐 잘 테니까 준비 다 되면 깨워주세요."

"알았어."

그녀의 대답을 들은 지영은 몸을 뒤척여 자세를 편하게 했다. 그러자 수마가 우르르 달려들었고, 굳이 저항하지 않은 지영은 곧 잠에 빠져들었다.

새까만 어둠.

어느 순간 의식이 든 지영이 처음으로 본 것은 아주 순수한 어둠이었다. 한 조각의 빛도 허락하지 않은, 완전무결한 어둠을 확인한 지영은 잠시 멍하니 있다가 피식 실소를 흘렸다.

오랜만이었다.

이 공간에 들어온 것도 말이다.

'언제였더라……'

저주한 적이 있었다.

지금도 자신에게 족쇄를 단 정체불명의 누군가를 언제나 저주하고 있는 지영이지만, 이전에는 훨씬 더 심하게 이를 갈면서, 피눈물을 흘리며 저주했었다. 이 끔찍한 저주에, 도대체 나에게 왜 그러냐고 절규했다.

그렇게 울부짖고는 생을 스스로 마감했다.

그랬더니… 이곳이었다.

아무것도 없는 무결점의 어둠.

그 공간에서 의식만 둥둥 떠다니고 있었다.

그래서 이상했다.

'내가 '그'를 원망했던가?'

지영은 잠들기 전의 기억을 지금 확실히 기억하고 있었다. 불만은 없었다. 애초에 이번 생 자체가 그리 나쁘지 않았다. 자신을 중심으로 온갖 문제가 터지고 있지만 그 정도는 이해할 수 있는 수준이었다.

게다가 사랑하는 연인과 가족, 지인이 있었다.

그래서 버틸 만한 인생을 살고 있는 중이었다.

그런데… 왜?

당연히 의문이 들었다.

아무것도 없는 어둠에서는 아무것도 할 수 없었다.

아, 있긴 있었다.

‘생각……’

지금처럼 생각은 할 수 있었다.

하지만 그것뿐이었다. 그것 외엔 할 수 있는 게 없었다.

지영은 옛날에 이 공간을 신의 공간으로 단정 지었다. 스스로가 만든 곳이 아니다. 그리고 그럴 능력도 없었다. 그러니 이런 곳을 만들어, 지영의 의식만 빼 와 이곳에 던져놓을 수 있는 빌어처먹을 ‘신’이라는 작자밖에 없었다.

지영은 짜증이 났다.

한 번도 만난 적이 없는 자였다.

대체 왜 자신에게 이러한 저주를 걸었는지, 그게 너무나 궁금하면서도 울화통이 터졌다. 자신과 임수민이 가장 화가 나는 건 저주에 걸린 이유와 저주를 풀 수 있는 방법에 대해 아주 손톱만큼의 단서도 없다는 부분에 있었다.

추론.

그것도 뭔가 단서가 있을 때나 가능했다.

‘도대체 우리가 무슨 잘못을 했다고……’

삶처럼 끝나지 않는 저주를 받아야 하지?

도대체 왜?

‘빌어먹을……’

그때였다.

왜, 잘못이 없다고 생각하지?

'어……?'

들렸다.

아니, 들었다. 분명히 들었다.

육성으로 들려오는 소리는 아니었다. 하지만 분명, 의식은
확실하게 인지를 했다. 처음이었다. 이러한 반응이 나온 건.
지금까지 단 한 번도 지영의 질문에, 물음에 대답을 해줬던 적
은 없었다.

그런데 이번엔 달랐다.

지영이 잘못이 없다고 스스로 생각했을 때, 분명 '그'라고
생각되는 작자는 답을 해줬다.

왜, 잘못이 없다고 생각하지?

이렇게 말이다.

그건 곧 지영에게, 그리고 임수민에게 스스로가 인지 못 하
고 있는 잘못이 있다는 뜻이었다. 하지만 모든 기억을 통틀어
서, 모든 서랍을 열어 뒤져봐도 지영은 이러한 저주를 받을 이
유를 찾아낼 순 없었다.

그렇다면 그 이전이다.

잘못은 분명히 있다고 했으니까……

'저주를 받기 이전…….'

그리고 그 기억은?

삭제되었다.

화악!

세상이 변했다.

어둠은 0.1초 사이에 사라지고, 잠들기 전에 봤던 물결무늬의 천장이 보였다.

"……."

눈을 뜬 지영은 멍했다.

뭔가 단서 같은 걸 잡았는데, 그자는 지영을 다시 강제로 내쫓았다. 가고 싶다고 갈 수 있는 공간이 아니니, 그가 다시 불러들일 이유가 생기기 전까진 기약 없는 기다림이 될 것이다. 부스스 몸을 일으킨 지영은 머리를 털었다.

얼마나 시간이 지났는지는 알 수 없었다. 하지만 적지 않은 시간이 지난 것 같았다.

"누나."

"응? 깼어?"

"네, 얼마나 잤어요, 저?"

"너? 음… 삼십 분 정도?"

"아……."

몇 시간은 잔 것 같은데, 고작 30분밖에 안 잤다는 사실에 지영은 저도 모르게 탄성을 흘렸다.

"아직 세팅 중이니까 좀 더 자도 될걸? 좀 전에 한 시간 정도 더 걸릴 거라고 연락 왔거든."

"아니에요. 이미 깼어요."

"그래? 뭐 먹을 것 좀 가져다줄까?"

"아니요. 저 잠깐 바람 좀 쐬고 올게요. 스탠바이 준비되면 전화 좀 해주세요."

"그래, 알았어."

이성은에게 부탁을 해놓은 지영은 패딩을 챙겨 입었다. 밖으로 나온 지영은 여전히 살벌하게 쏟아지는 눈발과 분주하게 움직이는 스태프들을 잠시 보다가 한적한 곳으로 걸어갔다.

휘이잉!

칼바람이 어딜 가! 하는 것처럼 막아섰지만 지금 당장은 그녀와의 통화가 먼저였다. 10분쯤 힘겹게 걸어 아무도 없는 곳에 도착한 지영은 폰을 꺼내 임수민에게 전화를 걸었다.

뚜루루, 뚜루루, 뚜…….

—응…….

"지금 통화 가능해?"

—지금……? 하암……. 응, 괜찮아. 무슨 일이야? 또 뭔 일

터졌어?

이른 아침까진 아니지만, 임수민의 목소리에는 졸음이 가득했다. 워낙에 낮밤이 뒤바뀌어 지내는 그녀이니 이상할 것도 없었다.

"터졌지."

—하아… 또?

피식.

혹시나 하고 물었는데 진짜 일이 터졌다고 하니 한숨부터 내쉬는 그녀였다. 지영도 물론 피식 웃었다.

딸깍, 치익.

"후우……."

하얀 연기를 내뿜으며 지영은 용건을 말했다.

"그자의 얘기를 들었어."

—그자? 누구?

"우리에게 저주를 건 놈."

—…….

지영의 말에 수화기 너머 임수민은 침묵했다. 살짝 헛바람을 집어삼킨 것도 같았던 그녀는 잠시 뒤 잠이 완전히 깬 목소리로 다시 되물었다.

—뭐라고? 다시 한번, 다시 한번 말해줄래?

"그 새끼… 신."

─…확실, 아니, 아니지. 지금 어디야?

"촬영장이야. 오늘 스케줄 있어? 만나야 할 것 같은데."

─봐야지. 스케줄 있어도 캔슬내고라도 봐야지. 어디서 볼래?

"편한 곳으로."

─음… 그럼 지원이는 애들한테 부탁하고, 내가 서울 집으로 갈 테니까 거기서 봐.

"알았어."

─자세한 얘기는 이따가 하자고.

"그래."

뚝.

전화를 끊은 지영은 크게 한숨을 들이마셨다가 내뱉었다. 그러곤 얼굴을 쓸어내렸다. 사실 지금도 믿기지가 않았다. 좀 전처럼 지영의 의문에, 질문에 응답한 건 이번이 처음이었다. 그래서 사실 지금 심장이 매우 격렬하게 뛰고 있는 상태였다. 꽤 오랜 시간을 눈과 바람을 맞으며 서 있던 지영이지만 심장은 쉽사리 진정되질 않았다.

솔직히 말해 무슨 큰 단서 같은 걸 준 건 아니었다.

그저 딱 한마디만 하고 사라졌을 뿐이었다. 하지만 지영은 '최초'의 현상이라는 부분에 주목했다.

최초는 당연하지만, 매우 중요했다.

지잉, 지잉.

지영은 주머니 속에서 울리는 진동에 폰을 꺼냈다.

"네, 벌써요? 일찍 준비됐네요. 네, 바로 갈게요."

예정보다 일찍 준비가 끝나간다는 전화에 지영은 생각을 멈추고 바로 촬영장으로 향했다. 10분쯤 걸려 촬영장에 도착한 지영은 바로 메이크업 수정을 받고, 액션 위치에 섰다. 신은 궁로 이동해 다시금 날선 대치를 이어나가는 장면부터 시작이었다.

"후, 후우……."

눈을 감고 심호흡을 하고, 준비가 끝난 지영은 눈을 떴다.

"레디, 액션!"

＊　　　　＊　　　　＊

차에서 내리자 찬바람이 와르르 달려들었다. 그래서 옷깃을 여미는 지영에게 운전석에 있던 한정연이 물었다.

"돌아갈 때는 어떻게 갈 거야?"

"택시 불러서 갈게요."

"알았어. 내일 아침에도 여섯시까지 올게."

"네."

지이잉.

차 문이 닫히고 한정연이 떠나자 지영은 바로 임수민의 집 벨을 눌렀다.

띵동.

현관 근처에서 울린 소리가 아련하게 지영의 귀까지도 들려왔다.

치직.

벨이 달려 있던 패드에 임수민의 얼굴이 떴고, 그녀는 지영을 확인하고 바로 문을 열었다. 열린 문을 통해 그녀의 집으로 들어가자 언제나 그렇듯 술상이 세팅되어 있었다.

"저녁은?"

"먹고 왔어."

"그래, 그럼 일단 한잔해."

쪼르르.

붉은 술이 채워진 잔을 받은 지영은 가볍게 짠을 하고, 한 모금 마셨다. 쌉싸름하면서도 달달함이 느껴지는 고급술이었다. 둘 다 한동안은 입을 열지 않고 술만 마셨다. 새까만 병에 담긴 술이 반쯤 사라졌을 때, 살짝 붉어진 얼굴의 임수민이 말문을 열었다.

"이제 얘기해 봐. 언제, 어디서 들은 거야?"

"오늘 오전쯤… 잠들었다가. 혹시 어둠밖에 없는 공간에 들어간 적 있어?"

“어둠밖에 없는 공간? 잠깐만……..”

눈을 감은 임수민은 생각에 잠겼다.

지영과는 좀 다른 기억 창고를 열어 급하게 뒤지고 있는 중일 것이다. 5분쯤 지나 임수민은 눈을 떴다.

“있네, 한 번.”

“그래?”

“응. 근데 거기서 아무것도 한 게 없는데? 그냥 그 공간에 들어갔다가 한참 만에 나온 정도?”

“처음에는 나도 그랬어. 그런데 오늘은 달랐지. 답이 들려왔어.”

“답?”

“응.”

잔에 남은 반 모금을 마저 마신 지영은 다시 말문을 열었다.

“내가 속으로 악을 썼거든. 나한테 왜 이러냐고. 내가 무슨 잘못을 했냐고.”

“그랬더니 뭐라는데?”

“왜, 잘못이 없다고 생각하지? 딱 이렇게 들렸어.”

“…잘못이 없다고 생각하냐는 건……. 뭐야, 우리가 무슨 잘못을 저질렀다는 뜻이야?”

“현실적으로 생각하면 그렇지 않아? 그게 사실 우린 첫 번째 삶부터의 기억을 가지고 있을 뿐이잖아."

"그거야 그렇지. 흠… 그럼 우리가 그 이전에 잘못을 저질 렀다는 뜻인데……."

상식적으로 생각해도 그게 맞았다.

잘못을 했으니까 저주를 받은 거고, 그래서 잘못에 대한 기억이 리셋된 다음, 끝나지 않는 삶이 시작됐다, 이렇게 생각하는 게 현재로서는 가장 합당한 추론이었다 잠시 혼자 생각을 하던 임수민은 고개를 주억거렸다.

"그래, 그럴 수 있겠네. 죄를 지었을 테니 기억을 리셋시켰고, 그 벌로 끝나지 않는 삶을 살게 했다. 일리가 있긴 하네."

"그렇지. 하지만 더 중요한 건 이번엔 대답이 들려왔다는 거야."

"맞아. 시작은 언제나 중요하지. 시작이 있으면 그다음이 있을 테니까."

"……."

지영은 고개를 끄덕였다.

치익.

"후우……."

연기를 내뿜은 임수민은 어딘가 착잡한 표정으로 다시 말문을 열었다.

"대답은 거기서 끝났어?"

“응. 공간에서 강제로 튕겨 나왔지.”

“골 때리네……. 겨우 그거 대답해 주려고 부른 거야?”

“나 나름 생각해 봤는데, 이제 슬슬 스스로 자각하라는 뜻이 아닐까?”

“스스로 자각? 뭘? 우리 잘못? 죄 지은 거?”

“그것밖에 없잖아?”

피식.

피식.

되물어본 사람도, 대답한 사람도 동시에 실소를 터뜨렸다. 생각해 보니 어이가 없었기 때문이다.

기억도 나지 않는 죄 때문에 벌을 받는다? 이것만큼 억울한 상황이 또 있을까? 물론 그 이전에 피해를 입은 사람들의 입장에서는 그렇지 않겠지만, 지영의 입장은 현재 딱 그런 상태였다.

‘뭘 잘못했는지 알아야 반성이라도 하지, 이건 뭐…….’

봉인된 기억?

그런 것도 없었다.

이미 지영은 서울로 오면서 첫 번째 삶부터 지금까지의 기억을 모두 꼼꼼하게 살펴봤다. 그 어느 곳에도 기억의 공백이나, 혹은 조작된 곳을 찾을 수 없었다. 모두 자신이 겪었던 그대로의 기억이었다.

쪼르르.

지영은 다시 술을 잔에 따랐다.

이런 이야기는 솔직히 정신적으로 너무 피곤했다.

답이 없는 문제를 고민해 봐야, 답이 나오는 게 아님을 잘 알고 있었다. 하지만 웃기게도 안 할 수도 없는 골 때리는 상황이었다. 이번 삶을 의미 있게 사는 것도 중요하지만, 두 사람에게 더 중요한 건 이 지긋지긋한 삶을 완전히 끝내는 거였다. 이번까지 딱 천 번. 지영은 천 하고, 한 번째의 삶이 시작되지 않기를 바랐다. 그리고 그건 임수민도 마찬가지였다.

둘은 말도 하지 않고 술을 들이켰다.

독한 술이라 얼굴이 벌써 벌겋게 올라왔다.

"하아……."

열기 가득한 한숨을 내쉰 임수민이 짜증이 가득한 어조로 중얼거렸다.

"아니, 대체 뭐, 어떤 큰 잘못을 저질러야 이런 어마어마한 벌을 받는 거야?"

"……."

지영은 그 말에 고개를 끄덕였다.

피식. 그다음으로는 실소가 나왔다.

어떤, 과연 어떤 큰 죄를 저질러야 이런 벌을 받는 걸까?

그건 지영도 궁금했다.

그리고… 답이 내려왔다.

지잉……:

뇌가 저릿저릿하게 울렸다.

단순한 표현이 아니라 정말 뇌 속에서 공진이 일어난 것처럼 흔들렸다.

우욱!

지영은 그에 헛구역질을 했다.

우웩!

임수민은 곧바로 먹었던 술을 전부 게워냈다.

으왝!

지영도 조금 있다가 속에 있는 걸 전부 게워냈다. 너무나 갑작스럽게 흔들려서 적응이고 자시고 할 시간이 없었다. 있는 전부를 다 토해낸 지영과 임수민은 흔들리는 머리를 잡고 몸을 뒤로 젖혔다.

앞이 핑 도는 느낌, 현기증보다는 훨씬 더 강력한 어지러움이 두 사람을 강타했다. 이는 너무나 갑작스러웠기 때문에 대비를 할 수도 없었다. 그래서 먹은 걸 다 토해내고, 속과 머리를 진정시키려고 두 사람은 그냥 소파에 대자로 뻗어버렸다. 하지만 입꼬리는 두 사람 다 미묘하게 말려 올라간 게, 우는 것도 웃는 것도 아닌 요상한 모양새였다. 10분쯤 뒤, 두 사람은 천천히 정신을 차리고 다시 일어나 앉았다.

“……”

“……”

그리고 동시에 하얗고, 길쭉한 걸 입에 물었다.

치익.

“후우……”

연기가 뭉게뭉게 피어나다가 천장에 달린 환풍기로 빨려 들어갔다. 속은 메스꺼워졌지만 기가 막히게도 담배는 꿀맛이었다.

피식.

피식.

그리고 거의 동시에 두 사람은 실소를 흘렸다.

“들었지?”

지영은 고개를 푹 숙인 상태로 힘없이 물었다.

“응……”

그러자 임수민도 비슷한 자세에서, 힘없는 음색으로 대답을 했다. 두 사람은 이번에도 비슷하게 고개를 들었다. 표정은 오묘했다. 좀 전처럼 웃는 것도, 우는 것도 아닌 그런 표정…이었다.

대체 왜?

“징벌이라고……? 속죄라고?”

“벌을 받는 게… 확실하단 소리네……”

두 사람의 혼잣말에서 답이 나왔다.

둘은 좀 전에 자신들을 이렇게 만들었을 거라 예상되는 존재의 음성을 들었다. 그 방식은 지영이 어둠의 공간에서 들었던 것처럼, 뇌리로 직접 흘러들어 왔다. 하지만 의식만 있는 공간이 아니라 현실이었기 때문에 속이 아예 뒤집어져 버렸다. 그래서 한참을 토하고, 잠시지만 몸져누워야만 했다.

하지만 그런 건 아무래도 좋았다.

현실에서, '그'의 음성을 직접 들었다는 것이 중요했다. 솔직히 예상도 못 했었다. 그랬기 때문에 놀라움을 넘어 충격적이었다.

'그'는 그랬다.

'큰' 죄를 지었다고.

그래서 두 사람은 지금.

'벌'을 받고 있는 중이라고.

아주 확실하게 그는 그렇게 말했다.

무슨 죄를 지었는지, 아직은 확실하지 않았지만 이렇게 되면 최소한 이유 정도는 알게 된 것이나 마찬가지였다. 그것만으로도 충분했다. 충족했다.

"아직 그 죄가 뭔지는 모르겠지만… 우리가 뭔 짓을 진짜 크게 저지르긴 했나 보다."

자조적이면서도, 흥분한 기색이 동시에 들어 있는 지영의 말에 임수민은 고개를 끄덕여 동의를 표했다. 그리곤 다 타버린 담배를 비벼 끄고, 다시 하나를 꺼내 입에 물었다. 두 사람 다 지금 심장이 쿵, 쿵! 격렬하게 뛰고 있는 중이었다. 손끝도 덜덜 떨리는 걸로 보아 아직도 진정이 되지 않은 상태였다.

치익.

"후우……."

길게 연기를 내뿜은 그녀가 지영의 말을 늦게서야 받았다.

"그러게, 아담과 이브는 분명히 아닌데. 대체 뭘까?"

"첫술에 배부를 수 있겠어? 이번 생은 이전의 삶과 비교해 확실히 다르니까 시간이 지나다 보면 알 수 있겠지."

"그러려나……. 아담과 이브. 우린 창세기의 인물이었을까?"

임수민의 질문에 지영은 잠시 생각하다가 고개를 저었다. 최초의 인류. 지영과 임수민에게 최초의 삶 이전의 기억이 없다고 해도, 두 사람은 직감적으로 알고 있었다. 자신들의 저주가 '종교'에 전해지는 '전설'에서 시작되지 않았다는 것을 말이다.

그러니 확실히 아담과 이브는 아니었다.

둘은 그것과는 '궤'가 완전히 다른 종류의 저주를 받았다고 생각했다. 이야기, 신화를 제외한… 그 어떤 것 말이다.

"아닐 거야. 당신도 느끼고 있잖아. 우리가 역사에 직접 개입해 연관이 있어도, 신화와는 아무런 연관도 없는 존재라는 걸."

"흠… 그건 그래."

임수민은 쿨하게 그 부분을 인정했다.

신화는 말 그대로 신화다.

이 말을 지영이 직접 하면 골 때리긴 하지만, 수많은 신화 중에 실제로 증명된 것은 정말 극소수다. 그걸 둘은 잘 알고 있기 때문에 신화는 아닐 거라고 봤다.

"후우, 일단 치워야겠다. 치우고 얘기하자."

자리에서 일어나며 한 임수민의 말에 지영은 고개를 끄덕였다. 정신이 돌아오니 토사물에서 나는 알코올 냄새가 코를 찌르기 시작했다. 둘이 하니 치우는 건 10분이면 충분했다. 마지막으로 방향제를 터뜨리고 그녀는 술상을 다시 깔았다. 하지만 한번 속을 비우고 나니 술맛은 이미 뚝 떨어진 상태였다.

결국 그녀는 다시 가서 차를 내왔다.

쪼르르.

봄꽃 향이 물씬 나는 차였다.

"이제 어떡할 거야?"

잔을 들어 올리며 한 그녀의 말에 지영은 잠시 생각하다가 한숨을 내쉬었다.

"뭘 우리가 어떻게 할 수 있는 게 있나? 기다리는 수밖에 없지."

"하긴……."

이번에도 '그'가 나서서 말해주지 않았다면, 나오지도 않았을 얘기였다. 하지만 그래도 고무적이었다.

"일단 시작은 됐으니까……. 차근차근 가자고. 어차피 우리의 생은… 길잖아?"

피식.

지영의 말에 임수민이 자조 섞인 실소를 흘렸다. 그리곤 차를 한 모금 마신 뒤에 그 말에 대답을 했다.

"길지, 길어. 근데 너무 길어서 탈이지."

"……."

영생(永生).

진시황이 그랬고, 또 다른 역사속의 왕이 영원불멸한 삶을 원했지만, 두 사람은 이게 얼마나 끔찍한 저주인지를 아주 잘 알고 있었다. 아니, 알고 있는 정도가 아니라 처절하게 겪고 있었다.

"이렇게 나오니 이제는 뭐 더 얘기하고 할 것도 없네. 그냥 기다리는 것밖에는 답이 없으니."

피식.

"그러게, 근데 이게 어디야. 최소한 힌트는 얻었잖아?"

"힌트? 속죄 말하는 거야?"

“음, 속죄보다는, 그냥 끝없는 고통을 겪는 벌을 받는 게 아닐까? 왜, 우리의 삶은 이리도 순탄치 않을까? 정말 단 하나의 삶도 빠지지 않고 그랬잖아.”

“음… 그것도 그렇긴 하네.”

“뭐 이것도 시간이 더 지나면 확실해지겠지.”

“흐흐, 근데 이상하게 여유가 생기지 않아? 가끔가다 조급함이 생기고 그랬는데, 얘기를 듣고 나니 이상하게 여유가 생겼어.”

“동감이다.”

그의 존재를 확인했다.

그가 누구인지는 모른다.

인간인지, 신인지, 악마인지, 정체가 확실치 않은 존재였다. 하지만 그는 메시지를 줬다. 이유를 설명해 줬다. 근데 그것만으로도 마음이 편해졌다. 벌? 죄? 어차피 여태껏 받아왔다. 그 이유도 모른 채 받았고, 그래서 중간중간 미쳐 돌아가시는 줄 알았지만, 그래도 견디고 견뎌 행성의 진화와 함께 여기까지 왔다.

그래서… 두 사람은 더 못 기다릴 것도 없었다.

이전에는 기약 없는 기다림이었다면, 지금은 그나마 끝이 보이는 것 같았다. 속죄. 벌. 그건 언제고 끝날 것이기 때문이다.

지영은 자리에서 일어났다.

"오늘은 이만 갈게."

"그래, 택시 불러줘?"

"내가 부르면 돼. 바람도 좀 쐬고 싶고."

"멀리 안 간다."

"응, 다음에 보자."

손을 흔들어 가볍게 인사를 한 지영은 옷을 챙겨 밖으로 나왔다. 쌀쌀한 공기가 지영에게 반갑다며 달려들었다.

신발을 신고 정원을 걷던 지영은 문득 하늘을 올려다봤다. 새까만 어둠에, 그림같이 펼쳐진 달무리가 인상적인 하늘이었다. 언제나 항상 밤하늘을 볼 때면 기분이 좋지 않았다. 이상하게도 자신이 처한 상황 때문에 화가 치밀었기 때문이었다. 하지만 오늘은 그러지 않았다.

오히려…….

'설레는 걸……?'

마치 첫사랑인 은재를 만났을 때처럼, 이상하게도 설레는 가슴과, 마음이었다. 감정을 정리한 지영은 달무리가 아름답게 수놓아진 밤하늘에서 시선을 떼고, 다시 걸음을 옮겼다. 올 때와는 다르게… 한층 가벼워진, 상쾌해진 그런 발걸음이었다.

*   *   *

다음 날 아침, 지영은 같은 시간에 눈을 떴다. 컨디션은 제법 괜찮았다. 일어나 매트를 깔고 스트레칭을 한 지영은 씻고, 가볍게 아침을 먹었다. 유선정은 정말 귀신같이 지영이 나오는 시간에 맞춰 아침상을 차려놨다.

의자에 앉자마자 국을 떠주고 다시 자리를 피해주는 유선정을 지영이 얼른 붙잡았다.

"이모."

"네?"

"은재 오늘 충주 가죠?"

"네, 오늘 공사 현장에 방송사에서 취재 온다고 해서 은채 아가씨랑 같이 가는 걸로 알아요."

"그죠? 오늘도 잘 부탁드릴게요."

"걱정 마세요. 안 그래도 은채 아가씨가 안전에 만반의 준비를 하고 계세요."

"그래요? 다행이네요."

지영은 요즘 스케줄을 다닐 땐 거의 붙어 다니는 두 사람을 보며, 이제는 다행이라는 생각이 들었다. 은재도 의지할 사람이 생겨 좋고, 은채도 자신의 성격을 중화시켜 줄 은재가 있으니 좋은 상황이었다.

지영이 같이 가면 좋지만, 아쉽게도 지영은 오늘도 촬영 스케줄이 있었다. 아침을 다 먹은 지영은 밖으로 나왔다.

경기 북부, 강원 쪽에만 내리던 눈이 오늘은 서울에도 내리고 있었다. 게다가 큼지막한 함박눈이었다.

이미 바닥부터 소복하게 쌓인 눈을 보며 지영은 오늘 스케줄을 떠올렸다. 오늘은 처음으로 액션 신을 찍는 날이었다.

치익.

"후우……."

연기를 내뿜은 지영은 오늘 촬영이 어째 만만치 않겠다는 예감이 들었다. 그림이야 살겠지만, 아무리 모형이라도 검을 휘두르는 신이라 부상의 위험이 높았다. 이는 지영이나, 액션 배우들 전부에게 해당되는 사항이었다.

떨어지는 눈을 보다 담배를 다 태운 지영은 들어가서 양치를 하고 나왔다. 그러자 기가 막히게 한정연과 이성은이 도착해 있었다.

"안녕하세요."

"안녕. 잠은 잘 잤니?"

"네. 푹 잤어요."

"후후, 그래? 그럼 출발할게."

"네."

지이잉.

문이 닫히고, 지영이 탄 차가 부드럽게 출발했다. 아직 해가 뜰 기미조차 보이지 않는 지라 거리는 가로등 불빛을 빼면 온통 어둠이 장악하고 있었다. 이른 새벽에 나와 거리를 정화하는 감사한 청소부들을 빼면 사람도 거의 없었다. 차는 서울을 빠져나와, 한가한 국도를 타고 달리기 시작했다. 국도로 나오자 서울로 출근하는 차들이 하나둘 보이기 시작했다. 그렇게 한참을 달렸을 때였다.

지영은 뭔가 이상한 감각에 눈을 떴다. 그리곤 창문을 가리고 있는 커튼을 걷고는 빠르게 주변을 살폈다.

이상하게 고요한… 주변.

"누나."

"응?"

"차 멈춰요."

"왜?"

"빨리!"

"어? 어……."

지영의 재촉에 한정연은 얼른 차를 갓길에 댔다. 지영은 폰을 꺼내 바로 정순철에게 전화를 건 다음 스피커폰으로 돌렸다.

뚜루루, 뚜루루.

"누나 옆 자리로!"

"어? 응……."

한정연이 멍한 표정으로 옆으로 이동하자 지영은 얼른 운전석으로 넘어갔다.

뚜루루… 뚝.

—네, 지영 씨.

"지금 어디세요?"

—뒤에 있습니다.

"지금 급히 주변……."

번쩍!

갑자기 사거리 너머, 반대쪽 차선에서 커다랗고, 기이하게도 사악해 보이는 백색의 눈동자가 번쩍 떠졌다. 지영은 급히 주변을 살펴 도로의 폭을 본 다음, 사거리까지 거리를 순간적으로 계산했다.

—지영 씨! 차량 멈추세요! 제가 앞으로 나갈 테니 뒤로 후진해요!

"……."

그러고 싶다.

근데……. 건너편에 갑작스레 눈을 뜬 백색 눈동자는 헤드라이트다. 그런데 그 높이가 꽤 높았다. 일반적인 차량보다 훨씬 높게 있다는 건, 차가 크다는 뜻이었다.

번쩍, 번쩍.

두어 번 라이트가 깜빡이더니, 우웅……. 육중한 배기음을 흘리며 이내 조금씩 거리를 좁히고 다가오기 시작했다.

지영은 이를 악물고 바로 후진 기어를 놓고, 차를 출발시켰다.

그아앙……!

차바퀴가 역회전을 하면서 악을 써대기 시작했다.

—지영 씨! 빨리! 빨리 차 빼세요!

밖으로 나온 정순철도 상황을 인지, 다급한 목소리로 지영에게 빠지라고 재촉했다. 하지만 그게 쉽나?

그앙! 그아앙!

눈길에 차바퀴가 헛돌기 시작하자 지영은 급히 전진했다가, 다시 후진을 했다. 다행히 이번에는 제대로 바퀴가 돌기 시작했다.

덜컹!

워낙에 세게 밟아 그런지 몸이 덜컥거리는 정도로 반동이 일어났다. 그 짧은 시간, 백색의 헤드라이트를 켠 덤프트럭은 이미 사거리를 지나고 있었다. 거리, 200m 정도였다. 하지만 지영의 밴도 뒤로 가속도가 붙어 정순철이 탄 승합차를 지나쳤다.

지영은 지나치면서 한겨울에도 정장을 차려입은 회사원들이 차에서 우르르 내려 품에서 총을 꺼내는 장면을 목격했다.

설마 진짜 총격을?

지영의 생각은 보기 좋게 빛나갔다.

—지영 씨! 손으로 눈 가리세요!

정순철의 말이 떨어지기 무섭게 지영은 손바닥으로 눈을 가렸다.

피유유……!

그리고 잠시 뒤, 전방에 순백의 빛이 번쩍했다.

섬광탄이었다.

끼이익……!

콰앙!

콰콰광!

갑자기 터진 불빛에 덤프트럭은 그대로 도로를 이탈해 가드레일을 박고, 그대로 뚫고 나가 논두렁으로 떨어졌다.

끼이익!

그리고 지영도 브레이크를 걸었다.

"꺄악!"

급브레이크에 한정연과 이성은의 신형이 앞으로 덜컥 흔들렸다.

"후……."

차를 멈춘 지영은 논두렁으로 굴러 떨어진 덤프를 노려봤다. 엔진에서 연기가 올라오는 덤프. 그냥 쉬다가 차를 출발한 걸까?

아니…….

절대로 그럴 리가 없었다.

차량은 정확히 불을 켠 다음, 지영의 밴을 확인했고, 핸들을 틀어 각을 맞춘 다음 그대로 직진했다. 그것도 가속 최고치로 넣어서 말이다. 만약 섬광탄을 쏴서 시야를 순간적으로 마비시키지 않았다면? 끝까지 지영이 탄 밴을 향해 돌진했을 것이다. 그럼 결과가 어떻게 나올지는 아무도 몰랐을 거다.

그러니 저 안에 탄 자가 죽었든, 살았든 지영은 조금도 궁금하지 않았다. 그저 이런 상황에 처했다는 게 짜증이 날… 뿐이었다.

"누나들은 안에 있어요. 제가 상황 보고 올게요."

"어? 아, 아니… 그게."

"걱정 마요. 놀랐을 테니 지금은 진정하는 게 더 좋아요. 혹시 모르니까 무슨 일이 있어도 차에서 내리지 마요. 이거 방탄유리니까 최악의 상황만 아니라면 여기가 제일 안전할 거예요."

"……"

잠시 침묵 뒤에야 둘은 으응……. 하고 짧게 대답을 했다. 그 대답을 듣고 나서야 지영은 차에서 내렸다. 지영이 차에서 내리자 정순철이 바로 다가왔다.

"괜찮으십니까?"

"네. 다친 덴 없어요."

"후… 다행입니다. 깜짝 놀랐습니다. 어떻게 알았습니까?"

"그냥… 뒷골이 갑자기 서늘하더군요. 그래서 차 세우고 좀 살펴봤죠."

사실이었다.

지영은 어느 순간 갑자기 뒷골이 서늘한 느낌을 받았고, 급하게 차를 세웠다. 그리고 아니나 다를까 잠시 뒤 바로 트럭이 돌진을 해왔다. 이는 지영이 가진 감각이었다. 위기를 알려주는… 제 육감. 지영은 이런 종류의 감은 진짜 좋았다.

콰작! 쾅!

문짝을 뜯어낸 회사원들이 안에서 트럭 운전자를 끄집어냈다. 제대로 박고, 굴러서 얼굴과 옷이 피로 흥건했다. 그리고 이미 의식이 없었다. 지영은 그런 운전자를 차가운 눈으로 바라봤다.

불쌍?

지영은 그렇게 생각하지 않았다.

옷차림이 추레한 게 아무리 봐도 잘 사는 사람은 아니었다. 회사원들이 급히 얼굴과 머리 상처를 지혈하자 보이기 시작한 얼굴로 봐서 나이는 대략 50대 중후반 정도였다. 아마, 저 차도 본인의 차가 아닐 것이다.

하지만 저자는 자신을 죽이려 했다.

대가로는?

당연히 돈일 것이다.

그럼 이렇게 설명이 가능하다.

누군가의 사주로 돈을 받고 사람을 죽이는 의뢰를 받은 자…….

지영인 줄 몰랐다고?

돈이 너무 필요했다고?

그건 절대로 면죄부가 될 수 없었다.

그래서 지영은 저 사람이 불쌍하지 않았다.

지영의 싸늘한 눈길에 움찔하기라도 한 건지, 갑자기 몸을 한 차례 부르르 떤 운전자는 의식을 찾았는지 조금씩 몸을 뒤척였다.

그러자 회사원 한 명이 바로 다가왔다.

"어때?"

"일반인 같습니다. 물론… 평범한 일반인은 아니겠지만요."

"그래? 흠……."

"목숨에는 지장이 없는 상태입니다. 회사 지정 병원에서 치료받게 하고, 그다음에 조사하겠습니다."

"그래, 정리할 인원 셋만 남겨놓고, 출발할 준비해."

"네."

회사원이 인사를 하고 사라지자 그는 지영에게 담배 한 개비를 꺼내 건넸다. 지영은 굳이 거절하지 않았다. 아주 잠깐이지만 극도로 긴장했더니 몸이 저릿저릿했다.

치익.

"후우……."

몸에는 쥐꼬리만큼도 좋지 않은 연기가 몸속으로 잠시 들어갔다 나오니 마음이 진정되는 기분이 들었다.

피식.

지영은 저도 모르게 헛웃음을 흘렸다.

웃기지도 않는 소리다.

하루가 멀다 하고 이런 일을 겪으라고?

이런 짜증을 매일 견디라고?

지영의 육감은 만능이 아니었다.

모든 상황을 해결해 주는, 그런 해결사도 아니었다. 단지 주변에 위협이 다가와 있음을 알려줄 뿐, 그 이상도 그 이하도 아니었다. 나머지는 전부 지영이 알아서 해결해야 했다. 그런데, 그게 지랄이었다.

위협이 온 걸 알아도, 지영이 어떻게 할 수 없는 수준의 강력한 위협이 다가오면? 거친 사막에서처럼, 알라의 요술봉을 막 갈겨대면?

"나야 피하겠지, 나야……."

“네?”

“아뇨, 아무것도 아닙니다.”

지영은 고개를 젓고는 다시 혼자 생각을 이어갔다.

자신은 괜찮지만, 자신의 주변은 아니었다. 지영이 구해도 한두 사람 정도만 구할 수 있을 테고, 나머지는 전부 휘말릴 것이다. 지영은 그게 싫었다. 생각해 보니… 적을 너무 많이 만들었다. 근데 이것도 지영이 적을 만들고 싶어 만든 것도 아니었다. 적이, 몰려들었다. 지영을 중심으로. 빌어처먹을 광신도들도 그랬고, 이성준도 그랬다.

지영은 가만히 있는데 주변으로 와서 지랄발광을 떨어댔다.

“혹시 짐작 가는 사람은 있습니까?”

“짐작이요? 한국에서 일어난 거면… 한군데밖에 없지 않나요?”

“음…….”

지영의 말에 정순철은 침음을 흘렸다.

지영이 말한 한군데, 거긴 국내 굴지의 제국이었기 때문이었다. 물론 회사 소속인 그가 그곳을 두려워할 일은 없었다.

다만, 작금의 상황이 그도 마음에 들지 않을 뿐이었다. 회사에서 분명히 지영을 지키는 걸 알고 있었을 것이다.

그런데도… 테러를 가하려고 했다. 아니, 가했다. 저자는 분명 잡아떼겠지만 회사는 그리 만만한 곳이 아니다. 저자의 신원 조회가 끝나는 순간, 저자가 요 며칠간 뭘 했는지 정도는 하루 이틀이면 모조리 파헤칠 능력이 있었다. 물론 증거는 남기지 않았을 것이다.

'장훈 그 인간은 그 정도 능력은 있겠지.'

이성준도 그 정도 능력은 있었다.

지가 멍청하게 나대지만 않았다면 증거를 잡기도 힘들었을 것이다.

"이제 출발할게요."

"네, 근데 지금 지원을 불렀는데……. 오늘은 경호를 좀 받으시는 게 어떻겠습니까?"

"시간이 늦어서요. 일단 주변 경계부터 부탁드릴게요."

"음… 알겠습니다."

이후 감사하다는 인사를 전한 지영은 차에 올랐다. 두 사람은 여전히 얼어 있었다. 사실 지영에게 이런 일이 일어난 건 처음이 아니고, 한 번은 같이 겪기도 했었지만 좀 전처럼 트럭이 달려드는 그런 경험은… 당연히 처음이었다.

몸이 덜덜 떨리는 그녀들을 보며 지영은 괜찮냐고 물어보려다가, 이내 고개를 저었다. 지금은 무슨 말을 한들, 제대로 귀에 들리지도 않을 것이다. 심적으로 충격이 제대로 왔다. 흔들리는 눈빛, 덜덜 떨리는 몸, 이 두 개로 보아 확실했다.

‘하아······.’

지영은 티 나지 않게 속으로 한숨을 내쉬었다.

미안했다.

자신의 주변에 있으면 위험하다는 걸 그녀들은 알고 있었다. 하지만 우정으로, 의리 하나 만으로 다시 지영의 주변으로 뭉쳤다. 지영이 없는 기간 동안 무수히 많은 캐스팅 제의를 받으면서도 프리로 일하다가, 지영이 돌아오자마자 바로 찾아와 함께 했다.

너무나 고마운 사람들이었다.

그런데 벌써 두 번째, 테러의 위협에 시달렸다.

지영은 이렇게는 안 되겠다고 생각했다. 지영은 폰을 꺼내 김지혜에게 촬영장으로 와달라는 메시지를 보내고는 조용히 말했다.

“오늘 두 분은 퇴근하세요.”

“어? 어, 아니야. 그냥 잠깐 놀라서 그래.”

지영의 말에 한정연이 화들짝 놀라며 얼른 대답했다. 힐끔, 룸미러로 두 사람을 보자 아직도 얼어 있었다. 저건 그냥 풀릴 게 아니었다. 치료를 병행한 휴식이 반드시 동반되어야 했다. 안 그러면 트라우마로 남을 확률이 매우 높았다.

“아니에요. 지금은 쉬는 게 더 좋아요. 지혜 누나 불렀으니까 오면 두 사람은 바로 같이 퇴근하세요. 그리고 오늘부터 휴가입니다. 가면 바로 병원 찾아가서 검사받고, 푹 쉬세요.”

“아니야. 일해야지, 일! 지영아, 잠깐 놀란 거야. 진짜 이제 괜찮아.”

괜찮기는…….

어두운 차안에서도 금방 알아볼 정도로 얼굴이 하얗게 질려 있는데. 지영은 더 이상 말하지 않았다.

1시간쯤 운전해 촬영장에 도착했다.

“내리지 마요.”

“그, 그게…….”

“여기 스태프들 많으니까 도움받으면 돼요. 그러니까, 오늘은 제 말 들어요.”

“…….”

“들어줄 거죠?”

“…알았어.”

결국에는 고개를 끄덕이는 두 사람을 보며 지영은 조용히 미소를 지었다.

“미안해요, 나 때문에. 오늘 일은… 나중에 다시 상의해요.”

삑.

대답을 듣지 않고 문을 닫은 지영은 촬영장으로 들어갔다. 눈이 마주치는 이들과 가볍게 인사를 한 지영은 대기실로 들어왔다. 그리고 역시, 먼저 와 있는 최민석을 발견했다.

"선배님, 안녕하세요. 오늘도 일찍 나오셨네요?"

"왔냐. 늦어봐야 뭐 하겠냐. 집에 있어봐야 집사람 눈치만 보이는데. 이 나이 되면 얼른 나가주는 게 서로에게 좋다."

"……."

그 말에 지영은 애매한 미소를 지었다.

서글픈 대한민국 가장의 말이 공감이 되기도, 공감이 안 가기도 하는 애매한 상황이었다. 지영은 적당히 떨어진 거리에 있는 의자에 앉아 폰을 꺼냈다. 그리고 주소록을 뒤져, 두 글자 이름을 가진 사람에게 메시지를 보냈다.

[선물, 잘 받았습니다.

근데 부피가 너무 커서, 내용물만 빼서 따로 챙겼고, 포장지는 논두렁에 버렸으니 알아서 찾아가세요.]

확정은 아니지만, 이번 일은 촉이 왔다.

지영만 느낄 수 있는 예리한 촉은, 그자가 범인이라고 말하고 있었다. 메시지가 전송이 완료되자 지영은 다시 임수민에게 메시지를 보냈다. 적당한 걸로 하나 준비해 놓으란 메시지였다.

그렇게 두 사람에게 메시지를 보낸 지영은 눈을 감았다. 잠깐 쉬고 일어나자 1시간이 휙 지나 있었다.

딱 일어난 시간에 맞춰 도착한 김지혜에게 사정을 설명하고, 두 사람을 보낸 뒤에 지영은 알아서 척척, 준비를 시작했다.

셀프 메이크업.

혼자 척척 메이크업을 하는 지영을 최민석이 신기하게 바라 봤다. 하지만 그에 아랑곳하지 않고 메이크업을 끝낸 지영은 복잡한 장군복 의상까지 혼자 갖춰 입었다.

"오늘 액션 신이지?"

"네. 황야 신하고, 시전 액션 신 두 개 있어요."

"그래, 조심해라. 니 다치면 큰일 난다."

"네, 걱정 마세요."

최민석을 안심시킨 지영은 바로 밖으로 나갔다.

눈은… 여전히 내리고 있었다. 어제보다는 눈발이 좀 약해지긴 했지만 그래도 무시할 수 있는 수준은 아니었다. 바닥을 확인해 보는 지영은 작게 한숨을 내쉬었다. 땅 상태가 영 별로였다.

조금만 긴장을 풀어도 쭉쭉 미끄러지는, 거의 빙판길에 가까웠다.

"하아……."

그래서 또, 느낌이 좋지 않았다.

그리고 지영의 느끼는 이런 느낌은… 언제나 빗나가는 법이 없었다.

눈발은 좀 그쳤지만, 살벌하게 미끄러운 바닥이라 지영은 속으로 혀를 찼다.

"하아… 이거, 바닥에 모래 좀 뿌려야겠는데?"

박종찬 감독이 한숨과 함께 혼잣말하듯 흘린 말에 지영은 잠시 고민했다. 이번 골목길 액션 신은 그렇다 쳐도, 두 번째로 찍을 광야 액션 신은 순백의 영상미가 담겨야 했다. 괜히 이런 산속에서 찍는 게 아니었다.

"이거 잘못하면 크게 다치겠다. 너 괜찮겠냐?"

최민석의 말에 지영은 고개를 끄덕였다.

자신이야 중심 잡는 것 하나만큼은 자신 있었다. 하지만 문제는 다른 액션 배우들이었다. 솔직히 말해 지영은 그들이 자신만큼 실력이 좋을 거란 생각은 할 수 없었다. 이런 지영의 생각을 남이 들으면 과한 자신감이라고 하겠지만, 그래도 지영은 자신보단 액션 배우들이 문제라고 생각됐다.

빙판길에도 미끄러지지 않는 신발이 있긴 하지만, 애석하게도 이번에 신어야 할 신발은 전부 이미 영화를 위해 특수 제작된 신발이었고, 미끄럼 방지 기능은 그리 뛰어난 편이 아니었다.

"야… 이거 어쩌지?"

난감하다는 듯이 머리를 긁적이며 박종찬 감독이 한 말에 지영은 슬슬 결정을 해야겠다고 생각했다.

저 혼잣말 자체가 지영의 의중을 떠보는 것과 같았다.

감독이면 충분히 배우에게 자신의 선택을 종용할 순 있지만, 지영이 어디 보통 배우인가? 이 바닥에서는 거의 가장 대선배에 가까운 천하의 최민석도 함부로 못 하는 배우가 바로 지영이었다.

"촬영 감행 하시죠? 대신 액션 신을 좀 더 단순하게 수정하고요."

"그럴까? 근데 합을 지금부터 바꿀 수 있겠어?"

"동작 몇 개만 빼면 되는데요, 뭐. 일단 그건 백 감독님이랑 얘기해 볼게요."

"휴… 최대한 간단하게! 직접적으로 안 싸워도 돼. 분위기만 살면 되니까 무리하지 말자, 강 배우. 알았지?"

"네."

말은 그렇게 하지만 이미 눈빛은 반짝이고 있었다. 천성이 영화감독인 그가 대충할 생각이 있을 리가 없었다. 그리고 그건 지영도 마찬가지였다. 일단 얘기를 끝낸 지영은 바로 액션 감독 백상호를 찾아갔다.

그는 박 감독이 사극을 찍을 때면 항상 함께하는 액션 스쿨 관장이자, 자타가 공인하는 대한민국 최고의 무술 팀 감독이었다. 한창 제자들과, 오늘 액션 신을 찍을 배우들과 합을 맞춰 보던 백상호 감독은 지영이 찾아오자 반갑게 맞이해 줬다.

"오, 강 배우. 일찍 왔네?"

"네, 몸 풀고 계셨어요?"

"풀고 있었지. 애들 컨디션도 보고 있었고. 그보다 어쩐다냐? 바닥이 이래서?"

"구더기 무서워 장 못 담가서야 되겠어요? 그냥 하려고요."

"그래? 강 배우 실력이야 믿지만, 이거 참… 오늘 온 애들이 연차가 얼마 안 돼서 좀 불안하다, 야."

"에이, 백 감독님 제자분들인데요, 뭘. 걱정 안 합니다."

지영의 너스레에 백 감독이 씩 웃었다.

사실 지영과 호흡을 맞추는 건 그도 처음이었다. 하지만 테러리스트 때 이미 대역 없이 소화하는 지영의 액션 실력을 충분히 볼 수 있었고, 몇 번 연습을 같이하며 합을 맞춰봤을 때, 솔직히 그는 감탄했었다.

천부적인 재능?

아니었다.

그가 보기엔 지영은 이미 무술로, 일가(一家)를 이루었다고 해도 과언이 아니었다. 사극 액션과, 현대 액션은 확실히 달랐다. 현대 액션이 화려하고, 굉장히 사실적이라면 사극 액션 쪽은 아름다운 영상미 자체에 중점을 두는 경우가 많았다.

특히 왕야 숙과 같은 분위기를 가진 영화일수록 현실성보단 아름다움을 추구했다. 그런데 지영은 그 어디에도 특화되어 있지 않고, 완벽하게 합을 소화했다. 아니, 소화하는 정도가 아니었다.

움직임 하나하나를 스스로 창조해 낼 수 있는 경지에 있었다. 다른 이들은 그저 와, 멋있다. 이 정도의 감탄사에서 끝나겠지만 백상호가 보기엔 그 이상에, 다시 그 이상이었다. 온갖 무술을 배우고, 단련한 백상호도 솔직히 지영과 실전으로 붙는다면 이긴다고 자신할 수가 없었다.

'뭘 해도 됐을… 천부적인 재능……. 천재는 천재야.'

백상호 감독은 그렇게 생각하며 지영의 어깨를 툭툭 쳤다.

"우리 애들 잘 부탁해."

"제가 해야 할 말이죠. 참, 그보다 신을 좀 축소하고 싶은데 괜찮을까요?"

"신 축소?"

"네, 바닥이 많이 미끄럽다 보니 되도록 간결하게 갔으면 좋겠다는 생각이 들어서요."

"흠… 지금? 지금 급히 수정해야 된다는 거지?"

"네, 어려울까요?"

"어렵긴, 이런 날에 그런 결정 내려준 박 감독하고 강 배우한테 오히려 고맙지. 일단 시작해 보자."

"네."

"종성아, 검 가져와라!"

"네!"

대기 중이던 액션 배우가 모형 검을 가지러 가자 지영은 일전에 합을 맞춘 대로 적당히 거리를 벌리고 섰다.

배우가 가져다준 검을 손에 쥐는 지영, 단순한 수정 작업이지만, 이미 검을 쥔 그의 분위기는 한없이 가라앉아 갔다.

그리곤 그런 지영을 바라보는 백상호 감독은 다시 한번 감탄의 탄식을 흘리더니, 이내 진지하게 수정 작업에 들어갔다.

*　　　　*　　　　*

논공행상은 그 어느 때보다 일찍 끝났다.

평소라면 못해도 한두 시진은 이어졌을 행사가 끝나고, 숙은 순의 부름에 대전으로 들어갔다. 다른 대신들은 전부 돌아가고, 악치원과 오직 셋 이 은은한 불빛만 유지시켜 놓은 칙칙한 어둠이 자리 잡은 대전 안의 분위기는 진짜… 죽여줬다.

허리에 매달린 차가운 진홍의 감촉이 숙에게 평정을 찾아줬다.

"꼭 대신들 앞에서 그를 참하여야 했느냐?"

순의 물음.

숙은 웃었다.

"그럼 황제 폐하를 욕보인 자를 어찌 그리 둔단 말입니까."

"정말 날 위해여서였느냐?"

피식.

그럴 리가 있나…….

그저 악치원, 저자의 의도대로 상황이 흘러가는 꼴을 보기 싫어서였다. 그리고 자신의 정한 방향을 확실히 주지시키기 위함이었다. 그러니 절대로, 순을 위해서는 아니었다. 게다가 숙은 지금 느끼고 있었다.

천장 위… 에서 느껴지는 무형의 살기를.

황제 호위의 마지막 선인 암영대가 대전의 천장에 은신해 있었다. 아마도 숙의 돌발 행동을 막기 위함인 것 같은데, 숙은 순을 죽일 생각이 없었다. 적어도… 지금 당장은 말이다.

"형님."

"폐하라 부르거라."

"훗… 예, 폐하. 신 숙, 이만 북방으로 돌아가고자 합니다."

"…아직 행사가 다 끝나지 않았다."

"어차피 제가 낀다 한들, 제대로 된 행사가 되겠습니까? 오늘 같은 일이 또 벌어질 것이고… 그런 일이 벌어진다면 저는 망설임 없이 다시 검을 뽑을 생각입니다. 그걸 감당하실 수 있으시겠습니까?"

“이놈… 짐을 협박하는 것이냐!”

순의 호통에 숙은 웃었다.

날카로운 웃음이었다.

그 안에 담긴, 시린 적의가 조금도 숨겨지지 않은, 그런 웃음이었다.

“피에 물들었구나. 아주 피에 물들었어!”

“…….”

피에 물들었다…….

뭐, 틀린 말은 아니었다.

숙은 스스로가 북방에 가서 더욱 더 냉정해지고, 잔인해졌다고 생각했다. 그 부분은 확실하게 인정했다.

하지만… 하지만 말이다.

그곳으로 보낸 건 그 누구도 아닌, 친형이자 황제인 순이다. 즉, 지금의 자신이 만들어지기까지 가장 큰 역할을 한 게 바로 순이었다. 그런데, 그래놓고… 피에 물들었다고? 기가 찰 뿐이었다.

“돌아가겠습니다.”

“도대체… 가서 무엇을 하려는 것이냐, 역모라도 일으키겠단 것이냐!”

“…….”

역모라…….

그거 참, 나쁘지 않다.

이런 무능한 황제 아래, 겨우 밥이나 빌어먹고 사는 불쌍한 백성들을 생각하면… 그 또한 나쁘지 않음이라.

숙은 대답하지 않았다.

그리곤 보았다.

악치원의 눈매가 꿈틀거리곤, 입술을 잘게 깨무는 걸. 지금 이 말은 순의 명백한 실수였다. 불안한 것이다. 칭송받는 숙의 존재가, 너무나 뛰어난 능력을 가진 숙의 존재가, 그런 존재가 자신의 동생이라는 것 또한 불안하기 그지없는 상태였던 것이다.

순은 황제였다.

제국의 황제.

하지만 그 스스로도 사실 느끼고 있었다.

자신은… 허울뿐인 황제라는 것을.

자신의 나약함을 감추기 위해 악치원을 종용했고, 그 이전에는 귀례를 믿었었다. 그들은 자신을 치켜세워 줬으니까, 다른 누구도 아닌 내가, 순이! 황제라고 달콤하게 속삭여 줬으니까. 하지만 변하고 있었다.

순은 알고 있었다.

숙의 거침없는 행동에 반해서 그의 곁으로 모일 마음을 품은 무리가 있음을.

순은 알고 있었다.

숙의 존재에 열광하고, 그를 '신' 바라보듯, 우러러보는 백성들이 도성만 해도 태반이 넘음을.

황제의 권위가, 자신의 자리가 흔들리고 있었다.

순이 생각하기에 이는 제국의 근간이 흔들리는 아주 큰 문제였다. 그래서 숙을 제거하고 싶었다.

하지만 그는 지금도 망설이고 있었다.

천장에 몸을 숨긴 암영대가, 과연 숙을 처단할 수 있을까? 직접 숙의 무예를 본 적은 없지만 북방의 전장에서도 직접 군을 이끌고 나가, 살아남은 숙이다. 그런 숙이 보잘 것 없는 수준일 리는 없다는 걸 순도 알고 있었다.

그래서 망설여졌다.

악치원, 순, 그리고 숙.

순이 최후의 선택을 했을 시, 숙이 모든 것을 뚫고 칼을 자신에게 휘두를까 봐⋯ 그게 겁이 났다.

숙은 그런 순의 마음을 전부 꿰뚫어 보고 있었다.

언뜻 내비치는 살의를 숙이 못 읽을 리가 없었다. 그래서 한숨이 나왔다. 너무나 한심해서, 정말 이제는 아예 구제불능이 되어버려서⋯ 이제는 답이 없었다.

"형님 폐하."

"⋯⋯."

“그리도 이, 숙이… 싫으셨습니까?”

“……”

“저를 죽이고자 하는 마음을 그리도 독하게 품으셨을 정도로… 제가 미웠습니까?”

“……”

순이 대답하지 못했다.

하지만 숙도 대답을 바란 건 아니었다.

이 말은 꼭 해줘야 형제의 운명이 결정 났을 때, 그때 후회가 없을 것 같아서였다. 어차피 이제 서로의 마음은 서로가 확인을 했다. 좀 전 숙의 말은… 최후통첩이었다. 이제 이걸로, 제국의 황제와 제국의 대장군은 서로 돌이킬 수 없는 강을 건너고야 만 것이다.

“대답은, 들은 걸로 하겠습니다. 신 숙, 북방으로 오늘 출발하겠습니다. 그럼.”

평안하십시오. 등등의 인사도 없이 숙은 등을 돌렸다.

그리고 몇 발자국을 떼기도 전에 다시 잠시 멈추더니, 서늘한 목소리로 입을 열었다.

“감히 대전에 검을 품고 몸을 숨긴 자들은 들어라.”

“……”

“황제 폐하의 명이었다고는 한들… 감히 왕야이자 대장군인 나에게 살의를 쏘아 보낸 건… 그 자체로 반역이다. 그

러니 평생, 한평생 숨어 살아라. 내 눈에 다시 모습을 보일
시……."

"……."

"반드시, 즉참하리라."

"……."

싸늘한 마지막 말이 둥둥 대전을 떠다니기 시작하자, 숙은
다시 걸음을 떼는 걸로 정적을 흩어버리고는 대전을 벗어났
다. 그렇게 숙이 벗어나자, 침묵을 지키던 순이 입을 열었다.

"악치원."

"예, 폐하."

"숙을… 죽이거라. 제도를 빠져나가기 전에."

"…예, 폐하."

악치원은 대답과 동시에 고개를 깊이 숙였다.

됐다.

순이 마음의 결정을 내렸다.

이로써… 이제 누구 하나는 파멸해야지만 끝나는 전쟁이
시작되었다. 악치원은 지금을 위해, 단단히 준비를 해놨었다.
짧은 시간이었지만, 악치원은 자신의 모든 것을 동원해 최선
의 준비를 해놨다고 자부했다.

'왕야… 아니, 숙. 이제부터 진정한 시작이다.'

착 가라앉은 눈빛의 악치원은, 상상했다.

대로에, 눈이 온 차가운 거리에, 뜨거운 피를 뿌리며 숙의
모습을. 그리고 그 모습을 상상하자 저도 모르게 올라가는 입
꼬리를 그는 미처 막지 못했다.

Chapter85
무정(無情)

　대전을 나선 숙은 다시금 내리기 시작한 눈발을 보며 저도 모르게 웃었다. 좀 전의 대화로 들끓기 시작하던 가슴이 식어 가는 것 같았기 때문이다.

　"왕야."

　대기 중이던 연화가 빠른 걸음으로 다가왔다. 주변을 살피 며 다가온 그녀는 조용히 쪽지를 내밀었다.

　—제도 모든 성문 낭인 집결 중.

　—각 성문 최소 삼백(三百).

─무벌(武閥) 움직임 감지.

─황성 이동 중.

─갑군(甲軍), 훈련을 위해 제도를 빠져나감.

등등의 내용이 적혀 있었다.

숙은 웃었다.

이로써 명확해졌다.

실제로 움직임도 있으니, 이제는 제대를 빠져나갈 일만 남았다.

"북신단은?"

쪽지를 접으며 묻자 연화가 작은 목소리로 대답했다.

"외성에 대기 중입니다."

"가자."

"예, 왕야."

숙은 조용히 걸음을 옮겼다.

걸어가면서 숙은 느꼈다. 공기가, 분위기가… 심상치 않았다. 그리고 숙에게는 매우 익숙한 분위기였다. 착 가라앉은 이 분위기가 이이질 때면 언제고 전투가 벌어졌다. 숙과 마주친 황궁 시녀, 내시들이 화들짝 놀라며 그 자리에서 고개를 푹 숙였다. 눈도 마주치지 않으려고 애쓰는 모습이었다.

숙은 그 모습에 웃었다.

괜히 인사라도 했다가 목이 달아날까 봐 전전긍긍하는 모습이니, 웃지 않을 수가 없었다. 게다가 이들은 황궁에서도 사실에 가까운, 곧 벌어질 일에 대한 '소문'을 가장 먼저 접하는 이들이었다.

황제와 왕야가 결국 다른 길을 걷기로 했다.

이러한 진위가 확실한 소문을 접했으니, 숙과 조금이라도 엮이기 싫어서 나온 행동이었다. 숙은 이해했다. 저들에게는 목숨과 직결되는 문제이니, 이해 안 할 수도 없었다. 숙도 민간인이 피해를 입는 건 끔찍하게 싫어했다.

계단을 내려가서, 문쪽으로 걸어가는 숙.

위사들의 표정이 심상치 않았다.

긴장과, 적의가 적당하게 버무려진 그런 표정이었다. 하지만 숙은 잘 알고 있었다. 지금 저들이 칼을 빼 들진 않을 거라는 걸.

순은. 아니, 악치원은 숙이 황궁을 아예 나갈 때까지 어떠한 행동도 하지 않을 것이다. 왜? 숙이 북신단을 이끌고 역으로 대전으로 들어오는 상황은 반드시 피하고플 테니, 이는 확실했다. 그래서 숙이 밖으로 나갔을 때, 그때 아마 노려올 것이다. 그리고 그땐 황궁 성문을 단단히 걸어 잠굴 것이다.

제1성문을 나서, 다시 넓은 연무장이 나왔다.

휑했다.

숙은 연무장을 그대로 가로질렀다.

돌계단을 내려서려는 숙에게 요상한 물건이 눈에 띄었다.

길쭉한 나무 목패였는데, 글자가 써져 있었다.

—은하시전, 매복.

딱 여섯 글자였다.

숙은 그 목패를 빤히 보다가, 발로 슥슥 문지르곤 품에 넣었다. 누군지 모르겠지만 감이 좋은 숙이 보기에 이는 자신에 대한 명확한 호의(好意)다. 이걸 남겨두면 잘못하면 그 호의를 보여준 이에게 화근의 씨앗을 남겨두는 꼴이 되니, 숙은 직접 챙겼다. 몇 번의 문, 몇 번의 계단을 지나 숙은 황궁을 나왔다. 마지막 문을 열고 나오자 전원 말에 올라 대기하고 있는 북신단이 보였다.

북방의 귀신.

북방의 신이 아닌, 귀신들이 이미 분위기를 감지했는지 살벌한 분위기를 뿜어내고 있었다. 연화가 재빨리 움직여 말을 끌고 왔다.

히힝!

숙의 애마도 분위기를 감지했는지, 거친 울음을 토해냈다.

말 위에 오른 숙은 북신단을 바라봤다.

이미 검병을 쥐고 있는 위사들은 안중에도 없는 숙이었다.

"각 성문으로 낭인들이 집결했다는 첩보가 있다. 그러니 성문은 단단히 봉해졌을 것이다."

"……."

"……."

파스스…….

살벌한 분위기는, 이제는 완연한 군기로 변해 버렸다. 전투 의지가 훅 솟구친 북신단의 기세는… 매우 살벌했다. 위사들이 놀라 검을 반쯤이나 뽑았을 정도였다. 하지만 여전히 숙은 신경 쓰지 않았다.

저들이 먼저 공격하면?

'명분이 생기는 거지.'

숙과 북신단은 그대로 황궁을 쓸어버려도 된다. 하지만 숙은 잘 알고 있었다. 그 또한 쉽지 않음을. 무방비 상태 같아 보이지만 황궁은 이미 용담호혈이 되어버렸다. 악치원이 바보도 아니고, 이러한 경우를 생각 못 했을 리가 없었다. 만약 숙이 역으로 북신단과 함께 황제를 잡으러 달리면 못해도 몇 천의 군사가 숙과 북신단을 둘러쌀 것이다.

"짐은?"

"숙소에 있습니다."

"숙소 앞, 은하시전에도 매복이 있다. 짐은 버린다."

"예, 장군! 명령만 내려주십시오!"

"일단 제도를 빠져나간다. 정신 바짝 차려라. 우린 지금 적의 소굴에 들어와 있는 거나 마찬가지인 상황이다."

"걱정 마십시오! 저희가… 누굽니까! 북신단! 북방의 귀신들 아닙니까. 흐흐……"

철상의 음침한 웃음에 숙도 피식, 공감의 웃음을 흘렸다. 그래, 이들은 북신단이다. 거칠다 못해 야차 같았던 북방 이민족 1만 병력의 포위에서도 1천의 인원으로 4일간 교전을 벌여 끝끝내 살아남은, 북신단이다.

그리고 그중엔, 숙 본인도 있었다.

숙은 오랜만에 피가 끓음을 느꼈다.

이는… 명백한 전투로 인한 흥분이었다.

"일단, 간을 좀 보자."

"네!"

숙은 천천히 말을 몰았다.

황궁을 벗어나 인가로 들어섰을 때였다.

숙은 말을 멈추고 아무도 없는 거리를 가만히 바라봤다. 잠시간 그렇게 보던 숙이 피식, 실소를 흘렸다.

"티가 나도… 이렇게 티가 날 수가 있나."

"매복 같습니다, 장군!"

"그래, 매복이구나. 전원 말에서 내려 도보로 이동한다. 후진이 말을 이끌고 따라오라."

"네!"

말은 반드시 필요했다.

그러니 말을 타고 뚫다가 괜히 피해를 입을 필요는 없었다.

"장군! 제가 앞장서겠습니다."

"……."

숙은 말없이 고개를 끄덕였다.

그러자 씩 웃은 철상이 앞으로 나서서 성큼성큼 걷기 시작했다.

피융!

피융!

그리고 몇 발 내딛기도 전에 화살이 철상을 향해 날아들었다.

따다당!.

하지만 철상은 호쾌하게 참마도를 휘둘러 화살을 튕겨냈다. 북방 이민족의 특기가 궁술이다. 특히 인마일체로 몰아치는 경기병의 화살 기습은 가의 악몽에 가까웠다. 그런 악몽을 이겨내고 살아남은 철상에게 이런 화살 기습은 콧방귀를 뀔 정도도 되지 않았다.

삐익!

스윽.

화살 같은 걸로는 안 되겠던지, 골목골목에 숨어 있던 이들이 모습을 드러냈다.

"흐흐……."

건들건들, 마치 왈패 같은 걸음에, 행색이었다. 숙은 이들을 보는 즉시, 낭인일 거라고 생각했다.

행동거지는 왈패 같지만, 느껴지는 기세는 그리 간단치 않았다. 생과 사의 경계를 넘나들며 진득한 피 맛을 본 인간들, 숙의 눈엔 딱 그리 보였다. 그러니 방심해서는 안 될 자들은 맞았다.

"클클, 어이쿠, 대장군 나으리, 어딜 그리. 급하게 가시옵니까?"

선두에 선 자의 빈정거림에 숙은 웃었다.

같잖은 것들…….

"내 걸음이 급해 보였는가? 나는 그저 느긋하게 길을 가고 있었을 뿐인데."

"흐흐, 소인의 눈에는 그리 보였습니다요. 그러지 마시고 소인이랑 곡주 한 사발 어떠십니까?"

"곡주라… 내 그리 좋아하는 술은 아니구나. 그러니 그 술은 좀 뒤에, 저승에서 마시거라."

"흐흐… 죽어!"

까랑까랑한 외침 뒤에 낭인들이 각자의 무기를 들고 달려

들었다.

"으하핫!"

그리고 철상이 호쾌한 웃음을 터뜨린 뒤 달려 나갔고, 숙을 스쳐, 연화를 포함한 10인이 마주 달려 나갔다.

깡!

파삭!

서걱!

철상의 참마도가 병기째 용병 하나의 목을 그대로 날려 버렸다. 휘리릭! 낭창낭창 휘는 연검을 뽑아 든 연화가 낭인의 몸을 사정없이 갈랐다. 연화의 뒤로 달려 나간 북신단원들도 마찬가지였다.

그들은 백전연마의 정예병들. 아니, 정예병이라는 등급조차 넘어선 일인, 일인이 제국군 장수의 실력보다 윗줄에 있었다. 그러니 낭인들 따위가 상대가 될 리가 없었다. 도륙이었다. 무자비한 학살이었다.

50에 가깝던 낭인들은 순식간에 반 이상 죽었고, 남은 자들은 걸음아 나살려라 도망을 쳤다. 숙에게 반말을 지껄였던 대장도 마찬가지로 도망쳤다. 하지만 숙은 굳이 쫓지 않았다. 딱 봐도 유인이었다.

목숨을 담보로 한 유인.

북방에서 이미 이가 갈리게 경험한 적이 있었다. 거치적거리는 시신까지 길 옆으로 치운 철상이 숙의 앞으로 다가왔다.

“수고했다.”

“흐흐, 몸도 안 풀렸습니다요. 그럼 다시 길을 열겠습니다!”

“……”

숙이 고개를 끄덕이자 철상은 다시 길을 열었다.

목패에 적혀 있던 정보, 은하시전 쪽으로는 가지 않았다. 목숨을 내걸고 그런 경고를 했다면, 그곳엔 진짜 대단위 병력이 은신해 있을 게 분명했기 때문이다. 하지만 그렇다고 그들과 조우를 안 할 수도 없었다.

숙이 가지 않으면…….

‘찾아오겠지.’

숙은 악치원을 떠올렸다.

그자는 지금 숙의 행동을 실시간으로 보고, 들으며 작전 지시를 내리고 있을 것이다. 그러니 숙을 잡을 병력으로 준비한 걸 그냥 놀게 두진 않을 것이다.

다시 전열을 다듬고 이각이 조금 안 되는 시간을 걸었을 때였다. 일단의 무리가 다시 숙의 앞을 막아섰다.

새까만 갑주에, 마찬가지로 새까만 검과 방패.

“호… 폐하 직속의 호위대인 묵검단을……. 악치원, 니가 정녕 미쳤구나.”

저들은 순의 곁에 있어야 할 친위대였다.

그것도 황제를 호위하기 위해 가장 근접해 있어야 할 부대이기도 했다. 그런 묵검단을 동원했다는 건 황제가 승인을 하기도 했겠지만, 애초에 악치원이 움직이겠다는 말을 꺼냈을 것이다. 그리고 순은 허락했을 거고.

이는… 처음 있는 일이었다.

제국의 역사에 묵검단이 등장하고, 묵검단이 황제의 곁이 아닌 이런 일에 동원된 것 자체가 아예 처음인 일이었다.

숙은 기가 막히다 못해, 분노가 치밀었다.

그것도 급속도로 솟구쳐서, 머리에서 김이 날 지경이었다.

"제국의 은을 입고, 제국을 위해 가장 몸을 바쳐야 할 자들이… 감히 이곳에 나타나?"

숙은 진심으로 분노했다.

묵검단만큼은 이래선 안 됐다.

묵검단만큼은, 절대 이렇게 사조직처럼 움직여선 안 됐다.

"아예… 모조리 갈아버리는 게 낫겠구나."

그르릉.

짐승의 울음 같은 울림을 토해내며 진홍이 검집에서 서서히 빠져나왔다. 다시금 세상으로 나온 잿빛 하늘과 대조되는 핏빛 검신이 사이한 기운을 사방으로 뿜어댔다.

철컥! 철커덕!

숙이 검을 뽑자마자 묵검단은 한 발자국 내딛고는, 더욱 견고하게 진을 형성했다. 그 모습에 숙은 씩 웃었다.

살심이, 살의가 진득하게 묻어 있는 웃음이었다.

현, 제국의 황제 순.

어차피 이제 서로 돌이킬 수 없는 사이지만 숙은 순이 제국의 역사상 최악의 황제로 등극될 거라는 사실에는 안타까움을 느꼈다. 그리고 그 시대에 자신이 살고 있다는 것에는 참담함을 느꼈다.

절로 눈이 질끈 감길 정도로 부끄럽기도 했다.

'어찌하여… 저런 황제를 제국에 내리셨나이까?'

숙은 하늘에 물어봤다.

당연히 대답해 줄 리가 없는 질문이었다.

스윽.

숙은 감았던 눈을 떴다.

"북신단은 들어라."

"예, 장군."

숙의 말에 공명하듯, 북신단의 대답이 공간을 묵직하게 울렸다.

"앞에 저들은 묵검단이다. 황제를 지켜야 할 최후의 보루가 간악한 자의 부름을 받아 나를 죽이러 왔구나. 이는 곧 언제고 그자의 명령에 따라 황제에게도 칼을 들이밀 수 있다는 사실이나 다름이 없다."

“…….”
“…….”
숙은 천천히 검을 들어 올렸다.
그리곤 다시 말을 이었다.
“그런 저들에게, 황제를 가장 가까운 곳에서 지켜야 할 의
무를 뺏고자 한다.”
“…….”
“…….”
묵직한 침묵이었다.
그리곤 그 침묵은 다시, 숙에 위해 깨졌다.
“단 한 놈도, 살려두지 마라.”
살벌한 기세가 숙의 말이 끝난 뒤에, 웅장하게 피어났다.
선두에는 철상이 섰고, 그 옆으로 연화가 섰다. 숙의 옆에
서 항상 전투를 치른 연화는 웬만한 이민족들은 얼굴만 마주
쳐도 도망치는 철상과 거의 비슷한 경지에 있었다. 애초에 재
능이 뛰어났고, 거기에 피 튀기는 실전을 거치고 나니 연화는
붉은 악몽, 혹은 꽃의 악몽이라는, 살벌한 별호까지 얻었다.
그녀가 지나가는 자리에는 붉은 꽃이 핀다는 뜻이었다.
그리고 숙이 나섰다.
진홍을 손에 든 숙의 기세는 어마어마했다.
대장군, 무사, 왕야, 이 모든 게 버무려진 기세라, 좌중을 압

도하다 못해 짓누르는 기세였다.

숙이 터벅터벅 걸음을 내딛었다.

오백으로 이루어진 묵검단이 숙이 움직이자 마주 기세를 피웠다. 그들은 고요한 자들이다. 아무 말 없이, 순의 목숨만을 위해 움직여야 하는 자들이다. 그렇기 때문에 그들에게 '말'은 필요치 않았다.

씩.

'그래서, 그렇기 때문에 죽는 거다.'

무정해야 할 놈들이, 유정을 품었기 때문에 죽는 거다.

쇄애애액!

깡!

골목 어귀에서 날아온 화살을 숙은 진홍을 슬쩍 들어 팅겨냈다. 이 기습과 방어는 잠시간 이어진 침묵을 깨는 훌륭한 신호탄이 되어버렸다.

"흐흐, 죄 다 죽여 버려!"

철상이 호쾌하게 소리치고 내달렸다.

그러자 그 뒤를 300의 북신단이 뒤따라 달렸다.

오직 연화만 숙의 곁에 있었다.

깡!

까앙!

"큭!"

묵검단의 치켜든 방패에, 철상의 참마도가 사정없이 떨어져 내렸고, 거력으로 그대로 밀어버렸다.

틈은 단 한 방에 벌어졌다.

거력을 품은 철상의 도격은 애초에 쉽게 막을 수 있는 게 아니었다. 대지를 디디고 서서 달려오는 기마대의 참격도 역으로 날려 버리는 게 철상이었기 때문이다. 그는 그만큼 진짜 대단한 괴력을 지녔다.

한 방에 열린 틈으로 고양이처럼 날렵하게 연화가 비집고 들어갔다. 그러자 곧, 붉은 꽃이 피기 시작했다.

묵검단은 중갑 보병이다.

그런데도 갑주의 이음새로 정확히 칼날을 비집어 넣어, 살만 정확히 가르는 검격의 정확도는 가히 예술이었다. 그녀가 진을 헤집기 시작하자, 남은 북신단원들이 뒤를 이어 속속 틈을 비집고 들어갔다.

깡!

서걱!

방패로 막으면, 그 옆에 있던 단원이 절묘한 궤적으로 검을 찔러 넣었다. 그리고 단 한 번의 공격에 여지없이 피 분수가 터졌다. 겨드랑이, 무릎, 허리, 목 사이 등, 틈이 있는 곳으로는 무조건 칼날이 비집고 들어갔다.

일격, 일격이 매우 정교했고, 비수보다 더 날카로웠다.

하지만 신기하게도 비명은 흐르지 않았다.

묵검단의 특징이었다.

어떠한 상황에서도 황제가 놀라지 않게, 신음을 참는 것. 그들은 죽을 만큼 아파도, 실제로 죽을 정도의 부상을 당해도 그냥 그대로 입을 다문 채 생을 다한다. 그래서 묵검단에 뽑히는 순간부터 고통을 참는 훈련이 시작되고, 마지막엔 통각을 유지하는 신경의 일부까지 차단한다. 그렇게 모진 고통을 감내하고 나서야 묵검단원이 될 수 있다.

물론, 그에 따른 보상은 어마어마하다.

한 집안이 수십 년은 먹고살 만한 보상이 떨어지니 말이다.

어쨌든, 묵검단은 그래서 신음이란 건 흘리지 않았다.

쓰는 한자는 다르지만 검을 묵(墨)에, 잠잠할 묵(默)이 동시에 첫 자에 들어간 이유도 그 때문이었다.

숙은 그걸 보며 웃었다.

"아프다고… 소리치지도 못하는 망령들이었구나."

이 얼마나 불쌍한가……

고통을 잊은 짐승이니 말이다.

하지만.

"이미 길을 잘못 들어섰으니, 어쩔 수 없구나."

무정(無情).

숙은 이 순간 다짐했다.

지금부터는, 무정의 길을 걷기로.

진홍을 뽑고 가만히 주시하고만 있던 숙이 드디어 움직였다. 일보, 다시 일보에 신형이 쭉 앞으로 이동했다.

쉬이익.

쩡……!

숙의 진홍이 묵검단의 방패에 직격했다.

쇠와 쇠로 만들었는데도, 이상한 소리가 울렸다. 그리고 결과는 놀라웠다. 방패로 막은 묵검단이 땅으로 꺼지듯 주저앉았다. 일격에 하체가 꺾인 것이다. 그만큼 숙의 검에 담긴 힘이, 엄청났다.

그리고 거력(巨力)만 담겨 있는 게 아니었다.

쇄액!

서격!

주저앉았다가 급히 자세를 정비하려던 묵검단원의 목이 그대로 날아갔다. 육안으로는 거의 보이지도 않을 엄청난 공격 속도였다. 이는 숙이 북방으로 끌려갈 때 호흡법을 알려줬던 노인이 알려준 또 다른 기예 중 하나였다.

호흡하는 법.

이를 통해.

힘을 담는 법.

빠르게 하는 법.

등등을 배웠다.

이러한 호흡법과 공격법은 숙이 그 위험한 북방에서 살아남을 수 있는 원동력이 되었다. 북방에 도착해서도 모진 굴욕을 감내하며 검을 휘둘렀던 것도 이를 단련하기 위해서였다.

쉬익!

서 있던 숙이 그대로 검을 쭉 펼치듯 휘둘렀다.

그러자 틈을 좁히던 묵검단원의 목에 혈선이 쭉 그어졌다. 피하고 자시고 할 것도 없는 초고속 검격.

손목을 툭 튕겨 검에 묻은 핏방울을 털어낸 숙은 그대로 다시 한번 튕겼다.

쉭!

올라간 검 끝이 달려오던 묵검단원의 턱을 단방에 쪼갰다. 그리고 다시 좌우로 한 번씩 검이 왔다 갔다 했다. 그러자 도합 셋이 바닥에 쓰러졌다. 숙은 그러면서도 처음 검을 내려쳤던 자리에서 조금도 움직이지 않고 있었다. 그 자리에 바위처럼 서서, 바람처럼 보이지도 않는 속도로 적을 가르고 있었다.

묵검단은 다시금 정비를 하려고 움직였다.

이들은 공격보단, 방어에 특화된 부대다. 하지만 이미 전열이 쪼개진 상태였고, 비집고 들어간 연화와 북신단원들이 거의 도륙하다시피 묵검단을 죽이고 있었다. 피가 사방에서 튀었다. 하지만 소리는 살이 갈라지고, 뚫리는 소리, 검과 방패가 부딪치는 소리를 제외하면 그 어떤 소리도 흘러나오지 않고 있었다.

그래서 기묘했다.

누가 봤으면 너무나 비현실적인 장면이라, 넋을 놓게 될 광경이었다. 하지만 숙이나, 연화, 그리고 북신단에게는 이는 당연한 결과였다.

솔직히 제국은 평화로웠다.

위태위태하고, 위협이 도사리고 있던 곳은 북방 밖에 없었다. 그러니 묵검단이 아무리 훈련을 열심히 했어도… 실전 경험이 없었다. 있어봐야 제국 각지에 출몰하는 도적 떼를 잡는 게 고작이었다.

하지만 북신단은? 숙은?

매번 전투가 벌어지면 생과 사의 고비를 넘나들었다.

그렇게 쌓은 실전 경험은, 이들을 일인(一人), 일인이 가히 무적에 가까운 실력을 보유하게 만들었다.

쩡!

달려들던 놈을 검면으로 후려치자, 그대로 쭉 날아가 바닥에 처박혔다. 중요한 공간에 척 하니 자리 잡은 숙은 묵검단에게 위협을 넘어서 공포 그 자체였다. 아직까지 기가 꺾이지 않았지만 숙은 그리 신경 쓰지 않았다.

아니, 끝까지 이 기세를 유지해 주길 바랐다.

어차피 여기서… 다 죽일 생각이었기 때문이었다.

묵검단의 전열이 완전히 무너졌다.

하얗게 내린 눈길 위에, 붉은 피가 곳곳에 뿌려졌다.

마치 순백의 세상은 용납하지 못하겠다는 것처럼, 어지럽혀졌다.

승기는 기울었다.

크흐흐! 웃음을 흘리면서 묵검단을 도륙하는 철상과 북신단, 그리고 숙처럼 침묵한 채 적의 급소에 기계처럼 칼날을 비집어 넣는 연화, 말없이 그 자리서 적을 도륙하다가, 쇄애애액! 날아오는 화살을 뒤도 안 돌아보고 쳐내는 숙까지.

그렇게 한참이 흘렀다.

한참이 흐른 뒤, 소음은 멎었다.

수백은 죽었고, 수백은 서 있었다.

너무나 극명하고, 명확하게 갈린 승패에, 어이가 없었는지 하늘은 더욱 거센 눈발을 내려 보냈다.

그 중심에 있는 숙은 천천히 하늘을 올려다봤다.

"당신이 원한 게 이런 그림 아닌가?"

큭…….

비릿한 조소와 함께 툭 말을 내던진 숙은 검을 털고는 집어넣었다.

그르릉…….

짐승의 울음을 닮은 그 울림은, 상황의 종료를 알렸다.

*   *   *

"컷!"

"후우……."

드디어 떨어진 박종찬 감독의 컷 사인에 지영은 길게 한숨을 내쉬었다.

"아이고……."

"아, 죽겠다……."

"윽……."

여기저기서 신음, 곡소리가 울리기 시작했다.

철퍼덕 바닥에 앉는 액션 배우들을 보며 지영도 바닥에 주저앉고 싶었지만, 의상이 더러워질까 겨우 참고 있었다.

몇 번을 재촬영했는지… 셀 수가 없었다. 오전이 지나 시작된 액션 신은 해가 지기 시작했을 때쯤에야 겨우 끝났다. 이유는 당연히 계속해서 나오는… NG 때문이었다.

물론 이는 배우들의 잘못이 아니었다.

완전히 얼어붙은 바닥 때문에 미끄러지고, 거리 계산이 안 돼서 진짜로 때리기도 하고… 그러면서 부상도 같이 속출하고… 아주 오래 걸렸다. 지영도 계속해서 나는 NG 때문에 점점 지쳐갔고, 정말 간만에 오케이 사인에 안도의 한숨까지 흘렸다.

"괜찮나?"

"강 배우, 어디 안 좋아? 응?"

급히 달려온 최민석과 박종찬 감독의 말에 지영은 괜찮다는 뜻에서 일단 웃었다. 힘들긴 하지만 그래도 쓰러질 정도는 아니었다. 그리고 간만에 빡세게 촬영을 해서 그런지 기분도 그리 나쁜 편은 아니었다.

"괜찮아요, 좀 피곤하긴 한데, 이 정도야 뭐… 하하, 아직 젊잖아요."

"후, 그러냐. 다행이다."

"저 말고 다친 액션 배우들부터 챙겨주세요."

"그래, 그러마."

최민석은 얼른 박종찬 감독의 옷깃을 잡아끌어 주저앉은 배우들에게 갔다. 스태프들도 얼른 액션 배우들에게 달라붙었다.

"오빠 수고하셨습니다!"

"그래, 너도 고생했다."

힘든 기색이지만 그래도 밝게 인사를 하는 이수진에게 지영도 가볍게 인사를 해주고는 대기실로 들어갔다. 안으로 들어오자 훈훈하다 못해 뜨거울 정도의 열기가 지영을 반겼다.

털썩.

소파에 앉아 몸을 길게 묻고 나니, 정신이 조금씩 멍해졌다.

"으으, 따뜻하드아……."

앞 소파에 앉은 이수진도 나른한 표정으로 축 늘어졌다.

"와, 오늘 촬영 진짜 역대급… 역대급으로 힘들었어요. 그죠, 오빠?"

"그러게 말이다."

사실 더 힘들었던 적이 있긴 했지만, 지영은 그냥 그렇다고 대답했다. 굳이 옛날 기억을 소환해 호기심 대마왕을 건드릴 필요는 없었다.

"맞다, 너 머리 맞은 곳은 괜찮냐?"

아까 이수진은 머리를 한 대 제대로 얻어맞았다.

플라스틱보다 조금 강도가 약한 모형검이지만 그래도 제대로 맞으면 지영도 골이 띵할 정도로 충격이 크다. 그런 걸 아까 바닥에 미끌, 하는 바람에 제대로 맞은 이수진이었다. 그러나 이수진은 지영의 물음에 브이 자를 그리며 씩 웃었다.

"네, 조금 욱신거리기는 한데, 이 정도야 뭐! 제가 좀 튼튼하잖아요? 히."

"다행이네. 혹시 모르니까 이따 퇴근할 때 병원 꼭 들렀다가 가라. 괜히 부상 남으면 너 진짜 고생한다."

"네넵, 꼭 그러겠습니다!"

여전히 힘이 넘치는 이수진을 보며 지영은 더 걱정하지 않아도 되겠다는 생각에 피식 웃고는 옆에 걸려 있는 패딩에서 폰을 꺼냈다. 메시지가 여러 개 들어와 있었다. 일단 이성은과 한정연에게 미안하고, 내일부터 다시 출근하겠다는 연락이 와 있었고, 김지혜, 임수민 그리고 은재 순으로 와 있었다.

"오빠, 오늘은 추가 촬영 없겠죠? 들어오고 나니까 움직이기 너무 싫어지네요⋯⋯."

"글쎄? 아마도 없지 않을까? 배우들도 다들 지쳤고⋯⋯."

이런 날 더 촬영을 했다가 잘못했다가는 큰 사고로 이어질 가능성이 높았다. 그걸 모를 박종찬 감독과 최민석이 아니었다. 그리고 설령 강행한다고 하면, 지영이 막을 생각이었다. 20분 뒤 다행히 박종찬 감독이 직접 와 오늘은 추가 촬영이 없음을 말해줬고, 지영은 일어나서 주섬주섬 짐을 챙겼다.

챙길 게 많아 김지혜와 이수진이 도왔는데도 다시 20분이나 걸려 차에 실은 지영은 뒷좌석에 앉자마자 잠깐 폰을 보다가, 그대로 곯아떨어졌다.

다음 날 새벽, 지영은 어김없이 다시 촬영장으로 출발할 준비를 했다. 아침에 김지혜가 끌고 온 차 안엔 한정연, 이성은이 전부 타 있었다. 지영은 뭐라고 하려고 하다가, 씩 웃는 그녀들을 보곤 그냥 고개를 절레절레 흔들고 말았다.

"야, 우리도 프로거든?"

"네, 네."

지영의 행동에 발끈하는 한정연에게 성의 없게 대답해 준 지영은 차에 올라탔다. 지영이 자리에 앉자 이성은이 지영의 얼굴을 빤히 바라봤다.

"어디 아파? 안색이 안 좋은데?"

"그래요? 어제 촬영 끝나고 와서 푹 자서 괜찮은데?"

"응, 하얗게 질린 것 같은데? 입술도 파랗고."

갸웃.

지영은 그 말에 몸 상태를 다시 점검해 봤다. 확실히 어제 무리해서 촬영을 해서 그런지 좀 무겁긴 했다. 하지만 그 정도뿐, 어디 아프거나 그런 곳은 없었다.

"출발할게요."

"네."

김지혜가 차를 출발시키고 지영은 주머니에서 폰을 꺼냈다. 폰을 꺼낸 지영은 밤사이 온 메시지를 확인했다.

송지원에게 전화 달라는 내용의 메시지를 필두로, 여러 사람에게 연락이 와 있었다. 그중 가장 중요한 내용은 장훈에게 온 메시지였다. 어제 지영이 폰에서 신경을 끄기 전, 선물을 잘 받았다는 내용을 적어 보냈었다. 그랬더니 그는 바로 무슨 말이냐며, 확인해 보겠다는 메시지를 보냈고, 이후, 정말 죄송하다는, 자신이 아닌 다른 쪽에서 작업을 한 것 같다면서, 자신도 지금 자세히 알아보고 있다는 그런 내용의 메시지를 보냈다.

피식.

내용을 다 읽는 순간 그냥 저도 모르게 실소가 흘러나왔다.

과연…….

진짜 몰랐을까?

지영은 장훈이 그럴 리가 없다고 생각했다. 이미 선수를 지영에게 보내면서 엄청 불리한 상황에 처했던 장훈이다. 그런 그가 자신이 통제 가능한 주변을 감시하지 않았을 리가 없었다. 괜히 또 자신 모르게 헛짓거리를 했다가 꼬리를 잡히는 순간, 얼마나 좋지 않은 상황에 처하게 될지 뻔히 알았기 때문이었다.

그러니…….

'넌 알고 있었어.'

어쩌면 알고도 눈감았을 수도 있었다.

그 사고로, 지영이 죽으면 본인에게는 엄청나게 남는 이득일 테니 말이다. 대신, 꼬리는 아주 확실하게 잘랐을 것이다. 하지만 세상사에 완벽한 비밀이란… 있을 수 없다고 지영은 믿었다.

부뚜막과 회사가 나서서 조사를 시작한 이상, 반드시 꼬리가 잡힐 거라고 지영은 생각했다.

차가 출발하고 얼마 지나지 않아 검은색 밴 한 대가 지영의 차 앞으로 조용히 들어왔다. 그러자 김지혜가 바로 차 속도를 늦추고는 거리를 벌렸다.

지잉.

[저희 측 차량입니다.]

정순철에게 온 메시지에 지영은 바로 김지혜에게 사실을 알렸다.

"회사 차량이에요. 경계 안 해도 됩니다."

"네."

다시 속도를 올린 차량 뒤로 두 대의 차량이 더 따라붙었다. 정순철의 차량이 분명했다. 그리고 어제 사건 때문인지 차량이 두 대나 더 늘어나 있었다. 배우에게 붙는 호위치고는 엄청났지만… 지영은 그냥 무덤덤했다.

차가 서울을 빠져나와 국도로 접어들자, 어제의 일 때문인지 선두 차량이 거리를 좀 더 벌렸다. 그렇게 한참을 달려 촬영장에 도착했다. 다행히 두 번째 테러는 없었다. 지영이 차에서 내리자 바로 뒤따라온 정순철이 차에서 내려 다가왔다.

"안녕하세요. 지영 씨. 좋은 아침입니다. 하하."

"네, 좋은 아침이네요."

여전한 너스레에 지영은 그냥 적당히 대답했다. 딱 눈초리가 할 말이 있는 것 같아 지영은 한정연에게 잠시 바람 좀 쐬고 온다고 하고는 어제 통화를 했던 곳으로 걸어갔다.

"여기."

"감사합니다."

도착하자마자 따끈한 캔 커피를 내밀기에 지영은 일단 감사히 받았다.

치익.

"후우……."

"어제 그 사람, 괜찮나요?"

"네, 경찰병원으로 후송해 치료 중인데 의식도 찾았고, 목숨에는 큰 지장 없습니다."

"……."

지영은 말없이 고개를 끄덕였다.

걱정돼서 물어본 건 아니었다. 그 사람은 자신의 목숨을 노렸고, 그러다 실패해서 다쳤다. 그런 사람한테 걱정? 사치도 그런 사치가 없다 생각하는 지영이었다. 지영이 물어본 이유는, 그 사람이 자백을 했나, 안 했나 그게 궁금해서 물어본 거였다. 정순철은 다행히 그런 지영의 마음을 눈치채고 있었다.

"몇 가지 밝혀진 건 있습니다. 딸 수술비를 대주는 목적으로 정해준 시간에 정해진 장소에서, 신호를 주면 차를 들이받으라고 했답니다."

"흠……."

명백한 사주의 사실이 밝혀졌으니, 이는 테러나 다름없었다. 지영은 정말 이번 생처럼 사건 사고가 많기는 또 처음이었다. 그러다 보니 절로 짜증이 올라왔다. 하지만 지금 당장 그걸 내색하진 않았다.

"팀장님은 그가 누구에게 사주를 받았다고 생각하세요?"

"저희는… 오성가로 생각하고 있습니다."

"저도 그래요. 그런데 장훈은 아니라고 딱 잡아떼고 있네요?"

"……."

"팀장님."

"네."

"언제까지 이런 위험을 견뎌야 할까요?"

지영은 순수한 마음으로 물어봤다. 솔직히 이걸 정순철에게 탓할 것도 아니었다. 이 모든 일은, 지영이 스스로 움직여 나온 결과였다.

"아니에요. 이게 팀장님 잘못도 아닌데 제가 이상한 소리를 했네요. 더 할 얘기는 없으시죠?"

"네."

지영은 꾸벅 고개를 숙이고 몸을 돌려 바로 대기실로 향했다. 대기실에 도착하니 어쩐 일인지 오늘은 최민석이 보이질 않았다. 시간을 보니 어제보다 좀 일찍 도착하긴 한지라 지영은 일단 평소 앉던 자리에 앉아 대본을 들었다.

"지영아, 지금 메이크업할래?"

"아니요, 좀 이따가 할게요."

"그래."

사락.

지영은 대본을 펼쳐 오늘 신을 확인했다. 오늘 신도 어김없이 액션 신이었다. 다만 오늘은 몸 쓰는 것보단 대사 치는 게 더 많았다. 한번 외우면 거의 잊지 않는 지영이라 대사를 틀릴 일은 없지만, 그래도 감정선을 제대로 잡으려면 다시 한번 확인해 주는 게 나았다. 그런 마음에 대사를 다 확인한 지영은 대본을 내려놓고, 메이크업을 받기 시작했다. 섬세한 터치로 메이크업을 하던 이성은이 불쑥 말했다.

"지영아."

"네."

"우리는 걱정하지 마. 이래 뵈도 벌써 나이 마흔 먹은, 산전수전 다 겪은 프로들이니까."

"……."

하, 눈을 감은 채 지영은 속으로 한숨을 내쉬었다. 이성은의 마음은 이해했다. 하지만 이건 그와는 좀 별개였다. 시도 때도 없이 이렇게 목숨을 위협받는 상황이 연출되면 나중에는 정말 지켜주지 못할 수도 있었다.

자신 때문에… 또 주변 사람이 다친다?

지영은 그땐 정말 자신이 무슨 짓을 할지, 예측할 수가 없었다. 물론 지영이 그게 싫은 것도 있지만, 그 이전에 지영은 이들의 안전이 너무나 중요했다.

'잃는 건…….'

소정 누나 하나로 충분하니까.

하지만 지영은 이런 솔직한 애기를 해줄 수가 없었다. 그 자체로 불길했기 때문이다. 하지만 이제 숨길 수 없다는 걸 깨달았다. 조만간 자리를 가져야겠다고 생각하고 그녀의 말에 답했다.

"누나 저녁에 시간 나요?"

"나? 애들 시부모님 집에 있어서 괜찮긴 한데… 왜?"

"회식이나 할까요?"

"회식? 오오… 회식은 언제나 옳지!"

"풉, 그럼 저 촬영 들어가면 장소 잡고, 주변에 연락 좀 해요. 사무실에 있는 선정 씨랑 미연 씨도 부르고요."

"알았어. 은재는?"

"은재한테는 제가 연락할게요."

"그래! 뭐 먹을까? 정연아! 지영이가 회식하자는데 뭐 먹으
러 갈까?"

이성은의 말에 의상을 확인하던 한정연이 고개를 휙 돌렸
다. 하도 빠르게 돌려 무슨 공포 영화의 한 장면 같았다.

"회식! 회식은 소지!"

소고기를 좋아하는 한정연의 대답에 지영은 그냥 피식 웃
고 말았다. 둘은 순식간에 회식 장소를 물색하곤, 리스트까지
짜는 기염을 토했다. 물론 그러면서도 손은 쉬지를 않았다. 메
이크업을 끝내고 나니 최민석이 부스스한 꼴로 안으로 들어왔
다.

"오셨어요?"

"그래, 좀 늦었다."

"늦긴요, 아직 두 시간 전인데요. 근데 어디 아프세요? 안색
이 별로신데."

"그냥, 컨디션이 좀 그러네. 나이 때문에 그런갑다."

"아직 정정하신데요, 뭘."

말은 그렇게 했지만 확실히 최민석의 나이를 생각하면 이런
추운 곳에서 촬영은 벅차긴 했다. 소파에 누워 눈을 감는 그
에게서 시선을 뗀 지영은 바로 의상으로 갈아입고, 같이 소파
에 누워 눈을 감았다.

오늘 첫 신이 지영이니, 조금이라도 남은 피곤을 최대한 털

어내기 위해서였다. 눈을 감으니 한 시간은 금방 지나갔다. 푹 자고 한정연의 손길에 깬 지영은 준비를 하고 밖으로 나갔다.

어제보다 더 내리기 시작한 눈발.

세상은 여전히 순백의 미를 유지한 채였다.

뽀드득.

발에 밟혀 눈이 뭉개지는 소리가 요상하게 가학적으로 느껴졌다. 하지만 그런 감상도 잠시, 지영은 저 멀리 준비하고 있는 배우들에게 얼른 다가갔다. 지영이 도착하자 삼삼오오 모여 떠들던 배우들이 바로 자신의 자리로 돌아갔다. 지영이 말 위에 오르자, 바람소리에 섞여 있던 말소리들이 천천히 사그라졌다.

그리고 완벽한 자연의 소리만이 공간을 맴돌 때쯤, 박종찬 감독이 메가폰을 들어 올렸다.

"레디, 액션."

＊　　　　＊　　　　＊

휘이잉!

몰아치는 눈보라. 숙은 피가 잔뜩 묻은 자신을 돌아봤다. 시전을 지나, 이곳까지 오면서… 무수히 많은 목숨을 거뒀다. 제도는 지금 보보마다, 거리마다 피가 홍건할 것이다. 그 피의 주인들은 악치원의 사주를 받고 숙을 처단하기 위해 온 놈들이었다. 그래서 숙은 모조리 죽였다.

숙은 자신의 목숨을 노리는 자들을 살려둘 정도로 그리 호락호락한 인간이 아니었다.

"장군……."

철상의 부름에 시선을 내려 보니, 여기저기 찢어진 채 웃고 있는 녀석의 얼굴이 보였다.

"왜 그러느냐."

"조기, 조쪽에서 또 스멀스멀 몰려오는 것 같습니다요."

"그래, 나도 느껴지는구나."

숙은 희미한 미소를 입가에 슥 하니 걸쳤다.

피?

익숙했다.

황궁에서 살았기 때문이기도 하지만, 주 이유는 당연히 그가 북방에 있었기 때문이었다. 그래서 코끝을 맴도는 비릿한 피 냄새는 숙에게 있어 귀부인들이 잘 때 펴놓는 향낭의 냄새나 다름없었다.

다각, 다각,

푸드득!

말이 거칠게 투레질을 했다.

숙의 성향을 닮아 그의 전마로 꽤나 성깔이 더러웠다. 수련을 나간 날 근처에서 풀을 뜯어 먹던 놈을 잡아, 숙이 한 달이 넘는 시간 동안 공을 들여 겨우 길들인 놈이었고, 그래서 숙이 진홍만큼이나 소중하게 생각하는 놈이었다.

이놈은 머리도 좋아 이렇게 숙의 기세에 반응, 스스로 전투의지를 태우기도 했다. 동물이라 그런지 감도 좋아서, 지금처럼 적이 접근하면 알아서 반응하기도 했다.

"전원, 상마."

"네!"

북신단 전원이 말을 받아, 날렵하게 위로 올라탔다. 숙은 그 모습을 지켜보다 다시 전방으로 시선을 돌렸다.

잘 닦여진 관도다.

미리 작업을 해놓았는지, 전투에 방해될 요소들은 이미 전부 치워져 있었다. 이는 여기서 제대로 붙어보겠다는 뜻도 되는지라, 숙의 입가에 진득한 미소가 걸렸다. 이런 거, 나쁘지 않았다.

숙이 북방에서 가장 고생했던 건 기기묘묘한 이민족의 전술이었다. 그들 개개인의 무력도 무력이지만, 제국군에 비해 소수이기 때문에 항상 치고 빠지는 전략에, 기괴하다 싶은 전술까지 사용하는지라 처음에도, 그리고 전쟁 막바지까지도 정말 엄청 골을 썩였었다. 그래서 저렇게 대놓고 붙어보자고 나온 경우가 거의 없었다.

저 멀리, 새까맣게, 일단의 무리가 등장했다.

"갑군입니다, 왕야."

"……."

연화의 말에 숙은 작게 고개를 끄덕였다.

제국 보병의 갑, 그래서 갑(甲)이라는 칭호를 하사받은, 창단 이래 지금까지 무패의 무적의 보병군이다.

수는 일만.

제도를 수호하는 마지막 보루이기도 했다.

하지만 숙은 오히려 웃었다.

"최강의 칭호라… 그것참……."

탐나는구나.

씨익.

숙의 기세가 일변했다.

뭉게뭉게 피어오르는 투기.

숙은 진홍 대신, 손을 쭉 뻗었다.

그러자 자신의 말에 걸려 있던 참마대도를 건넸다. 그 대도를 받은 숙은 천천히 높게 치켜 올렸다.

"전군, 그대로 관통한다."

"네……!"

쩌렁!

"이랴!"

　선두에 선 숙이 달려 나가자 바로 연화와 철상이 따라붙었고, 다시 그 뒤로 무시무시한 기세를 흘리는 북신단이 일제히 내달리기 시작했다.

Chapter86

무정(無情)11

기마대의 무서움은, 가속도에 있다.

한계까지 붙은 가속도에, 그 힘을 이용한 파괴력과, 다시 그 파괴력을 이용한 관통력이 기마대의 가장 큰 장점이다. 그래서 기마대에게 '가속' 자체는 힘의 근원이자, 생명의 원천이었다. 가속을 잃은 기병은 강점을 대부분 잃었다고 봐도 과언이 아니었다. 그렇게 강점을 잃은 기병은 결국 보병의 먹잇감이 되고 만다.

북신단은 그걸 아주 잘 안다.

그래서 북신단의 전마는 전부 마갑주를 착용시켰다. 사슬

을 얽히고설켜 만든 갑옷으로 웬만한 창칼은 그대로 튕겨내
는 마갑주였다. 북산단의 돌파는 그래서 무서웠다.

최강의 방패, 갑군.

최강의 창, 북신단.

두드드드드!

대지가 자신을 때려대는 발길질에 비명을 내질렀다. 아프다
고 악을 쓰는 것처럼 순식간에 세상을 가득 매워갔다.

씨익.

숙은 웃었다.

갑군.

'과연……'

단단하게 뭉쳐 있는 기세가 예사롭지 않았다.

묵검단?

그들도 정예임은 분명하다. 황제를 지근거리에서 호위하는
자들이니 최정예, 라 불러도 무방하다. 하지만 갑군, 이들은
본질부터 달랐다. 이들에게서는 북방 이민족 장갑보병의 느낌
이 아주 진하게 났다. 이민족이 거주하는 가장 부락 근처에
있는 산에서만 나는 철을 얇게 펴 덧댄 갑옷을 입은 이놈들
은 창칼 정도는 그냥 튕겨냈다.

그런 놈들을 죽이려면 이음새 부분을 집중 공략해야 하는
데 어디 난전에서 이음새만 노리는 게 쉽겠나? 그래서 북방군

내에서도 이민족 궁기병, 철갑기병과 함께 재앙으로 분류되는 놈들이었다.

갑군에게서는 그중에서도 장갑보병의 느낌이 진하게 났다.

하지만 북신단은, 그런 장갑기병도 전멸시킨 북방의 귀신들이었다.

콰직!

선두, 숙의 참마대도가 경로에 있던 갑군병의 방패를 그대로 후려갈겼다. 방패가 휙 젖혀지는 순간 숙의 전마가 그대로 갑군병을 들이받았다.

꽈작!

말발굽이 그대로 병사의 얼굴을 찍으면서, 내리 눌렀다.

피가 사방으로 튀는 순간 숙의 얼굴에 진한 미소가 피어올랐다. 솔직히 말해 제도 안에서의 싸움은 좀 싱거웠다. 하지만 이렇게 성문을 뚫고 밖으로 나와, 대지를 질주하기 시작하니 자유로웠던 북방의 향이 살아나는 것 같았다.

“이랴……! 으하하!”

쩡……!

철상이 호쾌한 기합과 함께 숙이 열어놓은 길로 쑥 들어가, 단창 두 자루를 들고 갑군병 사이를 휘젓기 시작했다.

그게 시작이었다.

히히힝!

연화는 아예 전마를 이끌고 도약, 적진 한복판으로 뛰어들었다. 챙! 채쟁! 그다음 마치 악기 소리 같은 병장기 소리가 쉬지 않고 울려댔다.

쉭!

쉬익!

나머지 북신단이 연화처럼 그대로 도약, 갑군병 사이로 뛰어들었고, 후열은 숙처럼 그대로 정면으로 들이받았다. 창과 방패가 부딪치는 소리, 몸이 깨지고, 갈리는 소리, 오직, 딱 이 소리만 울리고 있는 전장은 정말 소름이 끼칠 정도로 기괴했다.

사람이 죽는다.

그런데도 비명이 없다.

말이 되는가?

그런데 그게 현실이 되어, 이 전장에 강림한 상태였다.

승기는 기울기 시작했다.

갑군이 최강의 방패인 건 이견이 없는 사실이었다.

하지만 이들에게도 치명적인 단점이 있었다.

씨익.

'실전 경험의… 부재.'

최소한 북방에서 좀 치고받았어야 했지만, 그 살벌한 곳은 숙이 도맡아 막고, 밀어내고, 점령하고, 다시 빼앗기고, 다시 빼앗고를 반복하며 지금은 평화를 이룩해 냈다. 그럼 북방 말고 위험한 곳은?

남해의 해안가 쪽에 해적이 극성이지만, 제국은 해군력도 상당했다. 정치에는 일절 신경 쓰지 않는, 대신 제독 승계가 가능한 명가(名家)에서 수세대에 걸쳐 직접 해군을 양성해 지켜내고 있었기 때문이다.

그래서 갑군은 '실전'이 없었다.

이는 뼈아픈 단점이었다.

아니, 뼈아픈 정도가 아니라 치명적인 단점이었다.

숙은 그 부분을 다 알기에, 그렇게 단단하다는 갑군을 그대로 들이받은 것이다. 그리고 결과는 그의 예상대로였다.

서걱!

연화의 검이 투구와 상갑 사이의 틈을 비집고 들어가, 혈선을 그었다.

꽈작!

철상의 단창이 그대로 투구를 내려쳤다. 저렇게 맞으면 투구 속에서 공진이 생겨 생명을 유지하긴 힘들 것이다. 괴력난신(怪力亂神)의 후예, 철상에게 얻어맞았다면 더더욱 목숨을 부지하기 힘들다.

이 악물고 달려들던 갑군을 보던 숙은 참마대도를 빙글 돌려 하늘 높이 올렸고, 달려드는 순간에 그대로 내려쳤다.

쩡!

"어윽……."

방패에 직격한 참마대도의 힘을 이기지 못한 갑군은 그대로 벌러덩 뒤집혔고, 그 순간 숙이 타고 있던 전마가 앞발을 유려한 궤적을 그리려 들어 올렸다. 그리곤 잠시 멈췄다가, 그대로 내리 찍었다.

와작!

"컥……."

엄청난 힘이 동반된 발굽 찍기에 방패 안쪽에서 억눌린 신음이 흘러나왔다. 숙은 재차 공격하지 않았다. 강골 중에 강골인 이민족도 견디지 못한 공격을 평화 속에서 훈련만 한 갑군이 견딜 리가 만무했기 때문이었다.

이후의 전투는 일방적이었다.

죽고 죽이는 게 아니라, 한 집단은 죽이기만 하고, 한 집단은 죽기만 하는 전투가 이어졌다. 그리고 어느 순간, 전투가 멎었다.

결과는?

갑군, 궤멸이었다.

*　　　　*　　　　*

"컷!"

저 멀리서 들려오는 박종찬 감독의 말에 지영은 '후우…' 한숨을 내쉬고 비스듬히 들고 있던 참마대도 소품을 내려놨다. 위낙에 부피가 큰지라 제법 무게가 나가는 탓에 팔이 뻐근했다.

"하아……."

다각, 다각.

컷 소리에 아련한 표정으로 잿빛 하늘을 올려다보던 연화, 수진이 감정을 추스르며 지영에게 다가왔다.

"오빠… 고생했어요……."

"그래, 너도……."

둘 다 지쳤는지, 말끝이 줄줄 늘어졌다.

어제도 그랬지만, 오늘도 지영은 정말 지쳤다.

특히 말 위에서 중심을 컨트롤하면서 신을 소화해야 했던지라 더더욱 지쳤다. 그래도 다행인 건, 초기에 감정이 진득하게 담긴 대사 신들은 전부 넘겼다는 거다. 그리고 이번 신이 오늘 마지막 신이었다.

연기를 하면서도 확인을 잘 했으니, 아마 큰 문제가 없으면 이번 신도 오케이 사인이 떨어질 것이다.

관리사들이 말을 향해 달려오는 걸 지영은 무거운 몸으로 바닥으로 내려섰다.

"수고하셨습니다. 말 정말 잘 타시던데요? 하하."

자신의 말을 관리해 주는 전문가의 말에 지영은 그냥 웃으며 고개만 끄덕이는 걸로 답을 대신했다.

자박, 자박.

"고생했다."

신이 끝나자 감독과 함께 장면을 보고 있던 최민석이 다가와 어깨를 두들기며 인사를 건넸고, 지영은 이번에도 그냥 웃음으로 때웠다.

"선배님은 밤 촬영이시죠?"

"그래, 너 가면 나는 이제 뜨뜻한 곳에서 시작해야지."

"너무 일찍 오신 거 아니에요? 벌서 해 져가는데."

"중간중간 잤으니까 괜찮다. 그리고 이번 신은 날카로워야 하니 오히려 피곤한 게 더 도움이 돼."

"그래도 밤샘은 힘드시잖아요."

"하하, 내 걱정 말고 니 걱정이나 해라. 니 오늘 액션 보니까 좀 무거운 게 느껴지더라."

아침에도 그랬는데, 최민석도 같은 말을 하고 있었다. 여러 사람이 그렇게 보는 거면 그게 맞다고 생각한 지영은 내일 하루는 푹 쉬어야겠다고 생각했다.

"안 그래도 좀 무겁긴 했어요. 그래서 이번 신 확인하고 바로 퇴근하려고요."

“그래, 꼭 그래라.”

“네, 선배님. 고생하세요.”

“그래, 그래.”

호랑이 선배로 유명한 최민석이지만, 그도 지영만큼은 인정했다. 그가 보기에 지영은 천생 영화인이 아니었다. 하지만, 세간에서 떠드는 것처럼 천재가 맞았다. 그것도 겸손한 천재. 스스로를 절제하고, 통제하고, 단련시킬 줄 아는 천재였다. 그래서 그는 지영이 굳이 배우가 아니었어도 성공했을 인간이란 걸 알았다. 그런 그가, 그렇게 어려운 일을 겪고도 다시 영화판에 돌아온 게 최민석은 너무나 기꺼웠고, 고마웠다.

그래서 그와 영화를 찍게 되자, 계속해서 그를 걱정하게 되었다. 그것도 순전히 저도 모르게 말이다.

그리고 그걸 지영도 알고 있었다.

그래서 그에겐 고마워하고 있었다.

박종찬 감독에게 가 오케이 허락을 받은 지영은 바로 대기실로 와서, 메이크업을 지웠다. 그리고 의상을 갈아입고 퇴근 준비를 했다. 밖으로 나오자 스태프들이 지친 표정으로 다시 촬영 준비를 하고 있었다.

지영은 혼자만 먼저 퇴근하는 게 미안했다.

게다가 회식하러 가는 길이라 더더욱 마음에 걸렸다.

지이잉.

자동으로 열린 문에 탄 지영은 바로 한정연을 찾았다.

"정연 누나."

"응?"

"여기 스태프들 총 몇 명이죠?"

"글쎄? 못해도 백은 될걸? 왜?"

"야식 좀 보내려고요. 오늘 밤샘 촬영 같던데."

"그래? 알았어. 뭐로 보낼까?"

"밥 차는 있지만 원래 이런 곳에서 먹는 바비큐가 또 맛있잖아요."

"오… 알았어. 야간에 하는 업체 있나 알아볼게. 몇 마리나 보낼까?"

"두 마리면 되지 않을까요? 술도 보내세요. 도수 낮은 애들로."

"알았어!"

한정연이 바로 폰을 꺼내 업체를 알아봤다. 출발하기 전, 김지혜가 슥 뒤를 돌아서 뭔가를 전해줬다.

쪽지였다.

그걸 펼쳐 내용을 확인한 지영은 바로 다시 주머니에 넣었다.

"여기 어때?"

고새 찾았는지 한정연이 보여준 폰으로 내용을 확인한 지영은 고개를 끄덕였다.

"좋은데요? 여기 고기도 맛있다던데."

"응, 여기 고기가 진짜 좋아. 서비스도 좋고. 친절하고, 남편 친구가 하는 곳이라 내가 연락하면 아마 안 해줄 것도 해줄 거고."

"네, 그럼 여기서 해요."

"오케이."

부우웅…….

눈길을 밟으며 차가 출발했다.

당연히 앞에는 회사의 차량이 붙어 있었다.

차가 출발하고 나자 지영은 이따 회식 때 어떻게 말을 전해야 할지 고민했다. 무턱대고 '나 위험한 사람이오. 그건 여태 봤으니 잘 알 것이오. 그러니 그걸 감수하고 남을 사람만 남고, 아니면 다 떠나시오' …이렇게 할 순 없는 노릇이었다. 지영은 좀 고민하다가 그냥 솔직하게 오픈하기로 했다.

'그렇게 말하고 남은 사람만… 최선을 다해 챙기면 되겠지.'

촬영장을 떠난 차는 한적한 국도를 타고 한참을 달려 서울로 들어섰다. 막히는 퇴근길을 지나, 소고기 집에 도착하니 어느새 8시가 넘고 있었다.

한우정.

심플한 이름의 가게는 회식 때 자주 애용하는 곳이었다.

일단 완벽한 방음과, 환기 시스템을 유지하는 방이 있어 회식이면 거의 세 번에 두 번을 이곳을 찾게 됐다.

직원의 안내를 받아 안으로 들어가니 오선정과 김미연, 그리고 은재와 김은채가 먼저 도착해 있었다. 도란도란 얘기를 꺼내던 그녀들은 지영이 오자 제각각의 얼굴로 반겼다.

"내 남자 왔어?"

"응, 언제 왔어?"

"나? 좀 전에. 근데 얼굴이 왜 이래? 어디 아파?"

"아냐, 괜찮아."

패딩을 벗고 앉기도 전에 은재를 안심시킨 지영은 같잖다는 표정으로 보고 있는 김은채에게 시선을 돌렸다.

"왜?"

"흥."

묻자마자 바로 고개를 돌려서 지영은 그냥 어깨를 으쓱하곤 자리를 잡고 앉았다. 인원이 다 모이자 한정연이 바로 음식을 시켰고, 미리 준비되어 있던 숯과 고기가 바로바로 방 안으로 들어왔다.

그리고 당연히, 술이 줄줄 들어왔다.

치이익.

치익!

고기가 올라가고, 모두의 얼굴에 행복한 미소가 감돌기 시작할 때쯤 지영은 큼큼, 마치 회사 부장님처럼 헛기침을 내어 시선을 주목시켰다.

"먹기 전에, 할 말이 있어요."

빤…….

초롱초롱.

각양각색의 눈빛을 받으며 지영은 바로, 본론을 꺼내 들었다.

쪼르르 몰려든 시선을 받은 지영은 천천히 본론을 꺼냈다. 담담한 어조로 꺼낸 얘기는 사실 그리 길지 않았다. 용건은 간단했다. 내 주변은 위험하다. 그런데도 곁에 있을 거냐. 선택해라. 딱 요 정도였다.

하지만 이 간단한 내용의 말은 분위기를 단숨에 꺾어버렸다. 시작부터 이렇게 분위기를 안 좋게 만들어 미안하긴 했지만, 이건 오늘 지영이 반드시 짚고 넘어가야겠다고 생각했던 부분이었다.

"넌 뭘 그런 얘기를 회식 때 하냐? 쌍팔년도 부장님도 아니고 무슨… 쯔쯔."

그리고 역시나 김은채의 핀잔이 날아들었다. 은재는 애매한 표정이었다. 은재와 김은채야 어차피 지영과 이제는 평생 함께 갈 사이가 됐다. 왜? 가족이었기 때문이다. 그러니 두 사람에게는 굳이 묻지 않아도 될 얘기였다.

하지만 다른 사람들은 아니었다.

김지혜는 물론, 어제 아침에 험한 꼴을 본 한정연과 이성은을 포함해 오선정과 김미연은 반드시 짚고 넘어가야 할 부분이었다.

"나는 어제 신경 쓰지 말라고 답했으니까 굳이 또 안 해도 되지?"

한정연이 가장 빨랐다.

가장 연장자인 그녀가 대답을 하자 이성은도 거의 같은 답을 내놨다. 김지혜는 언니들 의견이랑 같아요, 하면서 답을 했고 제일 막내 직원들만 남았다.

"꼭 오늘 대답해야 하나요?"

오선정이 물었다.

치이익.

고기가 타는 건 아닐까 걱정이 될 정도로 요란한 소리가 불판에서 들렸지만 아무도 거기에 시선을 주지 않았다. 아니, 한 명 있었다. 아 고기 다 타네… 하면서 불판을 뒤적거리는 김은채였다.

지영은 그런 그녀를 무시하곤 오선정의 질문에 대답을 했다.

"아니요. 직장이 걸린 문제인데 그럴 수는 없죠. 일주일 정도 시간 줄게요."

"감사합니다."

지영은 그다음 김미연을 바라봤다.

"저도 시간을 주셨으면 해요."

"네, 그렇게 할게요. 그런데 정말 미안하지만 어느 쪽이든 확실한 답을 주셔야 합니다. 이제 그냥 두고 볼 수만은 없는 상태까지 제가 온 것 같아서요."

"네……."

사실 두 사람 다 대기업 출신이라 사내 정치 및, 암투와 이간질에는 이골이 날 만큼 난 사람들이었다. 물론 그게 싫어서 퇴사, 지영의 레이블에 들어왔지만 이곳도 역시… 복마전이었다.

물론, 그건 지영 한정이었지만 이제 주변에도 그 영향력을 조금씩 행사하고 있었다. 그래서 지영이 내린 특단의, 극단적인 결정이었다.

"얘기 끝?"

"응, 끝."

둘 다 일주일 내로 얘기해 준다고 했고, 남은 세 사람은 그래도 지영의 곁에 있겠다고 했으니 이제 더 할 얘기는 없었다.

부장님 스타일의 분위기 잡기는 이걸로 끝이었다.

"그럼… 뭣들 해? 술 안 말고?"

술꾼 김은채가 눈을 빛내며 회식의 꽃이라는 폭탄주를 말기 시작했다. 방식은 참으로 무식했다. 술 함량이 제각각이었고, 개중에는 소주와 맥주가 반반 비율인 것도 있었다. 그렇게 폭탄주를 만 김은채는 가방에서 카드를 꺼내 섞었다.

그리곤 쭉 내밀자 각자 고심하다 카드를 뽑아 갔다.

룰은 간단했다.

카드를 뽑아 숫자가 가장 낮은 사람부터 술잔을 챙겨 간다. 중복이면 가위바위보. 지극히 심플한 게임이다. 그렇게 해서 가장 높은 숫자를 뽑은 사람이 다음 순번으로 정해지고, 자기 마음대로 폭탄주를 제조한다.

'하여간 센스는 있어.'

지영은 김은채에게 이번만큼은 고마움을 느꼈다.

시작부터 이렇게 굳이 달리는 의미는 지영이 처음에 분위기를 무겁게 해놨기 때문이었다. 그래서 그걸 풀고자, 이렇게 주도해서 분위기를 업시키려 하고 있었다. 그런 김은채의 의도대로 소고기가 두 번 정도 리필되고, 폭탄주가 다섯 바퀴 정도 돌자 초반의 어색한 분위기는 단숨에 사라지고, 테이블마다 시끌벅적해졌다.

지영은 그런 모습을 조용히 바라보면서 언제까지고 이렇게, 볼 수 있으면 좋겠다는 생각을 했다.

툭툭.

"왜?"

“뭘 그리 흐뭇하게 웃어?”

“아니 그냥 좋아서.”

“흐흐, 좋지? 지영이 너 요즘 너무 혼자 달렸어. 가끔은 이렇게 주변 사람들이랑 쉬고 좀 그래.”

“그러게, 그래야겠다. 이번 작품 끝나면 솔 할 때까지는 진짜 푹 쉬어야지.”

“그래그래. 나랑 여행도 다니고 그러자. 흐흐.”

그렇게 대답하고 상체를 슥 숙인 은채가 귀에 대고 조용히 속삭였다.

그, 때, 는, 둘, 이.

“……”

지영은 침묵했지만, 속으로 피식 안 웃을 수가 없었다.

김은채가 들었다면 이 요망한 입! 하고 입술을 잡아당기고도 남았을 것이다. 하지만 이미 분위기가 제대로 올라 버린지라, 다들 둘을 그리 신경 쓰진 않았다. 지영은 은재가 바라보는 눈빛이 살짝 변했음을 알았다.

그래서 콩! 딱밤을 약하게 먹이자 그제야 좀 정상으로 돌아왔다.

2시간쯤 지나자 회식이 끝났다.

2차를 가자고 한정연과 이성은이 시위대처럼 외쳤지만 지영은 고개를 저었다. 김은채도 집으로 돌아갔고, 지영도 은재와

함께 집으로 돌아갔다. 집에 도착해 취한 은재를 재운 지영은
샤워를 하고 언제나 청승을 떠는 마당으로 나갔다. 이제는 이
곳에 오면 마음이 차분해짐을 느꼈다. 실제로도 편해진 공간
이라 안정감까지 얻었다.

치익.

"후우······."

뭉게뭉게 올라가는 연기를 휘휘 저어 흩은 지영은 느긋하
게 다리를 꼬고 앉아 하늘을 올려다봤다.

항상 보는 달.

저 달을 볼 때마다 생각나는 건 자신을 옥죄고 있는 족쇄
다.

하지만 지영은 이번엔 고개를 저어 그 생각을 자신이 피우
고 있는 담배 연기처럼 흩어냈다. 저번에 임수민과 함께 있었
을 때처럼 단서 같은 건 신, 본인이 나서지 않는 이상 절대로
얻을 수 있음을 깨달았기 때문이었다.

그래서 그냥 밝은 달 주변을 흘러가는 구름만 한참을 바라
봤다.

20분쯤 그렇게 있었더니 술도 좀 깨는 것 같았다.

담배를 한 대 더 태운 지영은 안으로 들어갔다.

하루를 마무리할 시간이었다.

                    *   *   *

촬영도 어느새 중반으로 들어섰다.

이제는 완연한 봄이라 눈도 녹고 있지만 그래도 야외 신은 거의 다 끝내 놓은 상태라 박종찬 감독도, 신은정 작가도 한시름 놓았다는 연락을 해왔다. 물론 지영도 한시름 놨다. 혹한의 겨울이 가고, 봄이 오기 시작한 촬영장 주변의 눈이 하루가 다르게 녹아가는 게 보였기 때문이다.

차가움을 상징하는 숙.

그래서 숙 캐릭터가 야외에 있을 때는 눈 배경이 거의 필수였다. 캐릭터 콘티 자체가 그렇다 보니 타이트하게 신을 소화했고, 다행히 액션 신을 포함한 야외 신은 거의 다 끝낸 상태였다.

4월의 봄이 반 정도 흐른 어느 날, 지영은 최종 제목 '그 시절 우리들이 피웠던 꽃'의 시사회장에 나와 있었다.

장소는 당연히 대성호텔이었다.

솔직히 말해 물리기도 했지만 최대 투자처가 대성 자회사인지라, 어쩔 수 없었다. 메이크업과 준비해 준 옷을 입고 대기실로 향했다. 오랜만에 보는 배우들이 이미 먼저 도착해 모여 있었다.

"음머! 이게 누구여! 강지영쓰 아녀!"

그리고 그, 황정만도 있었다.

발음을 하도 흘려 강지영쓰가 아닌, 강쟝쓰! 로 들렸지만 이제 저 정도는 그냥 덤덤한 지영이었다.

"선배님, 안녕하세요."

"마! 니는 어떻게 연락 한번 안 하나?"

"아시잖아요? 저 엄청 바빴어요."

"확! 내는 안 바빴는 줄 아나? 연락도 씹고!"

"어, 안 왔었는데요?"

거짓말이 아니라 진짜 황정만에게 온 연락이 없었다. 아니, 정확하게는 오긴 왔었는데 지영이 바로 못 받고 좀 나중에 따로 연락을 넣었었다. 그걸 빼면 지영이 씹은 연락은 없었다.

"말이 그렇다는 거지, 흐흐, 그래서, 이따가 끝나고 꺽?"

능글맞게 웃으며 잔을 마시는 시늉을 하는 황정만을 지영은 고개를 절레절레 저으며 바라보다가, 오랜만에 보기도 했고, 어차피 끝나면 끌려갈 확률이 100%라 그냥 고개를 끄덕였다. 그렇게 벌써부터 술 약속을 잡은 지영이 고개를 돌리니 꽃단장을 끝낸 여배우 셋과, 여배우와 비교해 전혀 꿀리지 않는 감독 한 명이 보였다.

"감독님 오랜만이에요."

"오, 강 배우. 한층 늠름해졌는데? 분위기도 변했고."

"작품 때문이죠, 뭐. 잘 지내셨죠?"

“아니? 편집하느라 아주 죽는 줄 알았어.”

“그런 것치곤 피부에서 광이 나는데요?”

실제로 이민정의 피부는 아주 촉촉했다.

“훗, 돈의 힘이지.”

“하하.”

지영은 그녀의 말에 가볍게 웃었다.

확실히 돈의 힘은… 푸석푸석한 피부도 며칠이면 광이 나게 만들 힘을 충분히 가지고 있었다. 실제로 성공한 감독인 그녀는 편집이 끝나고, 시사회 스케줄이 번갯불에 콩 구워 먹는 것처럼 빨리 잡히자 피부에 집중 투자를 했고, 일주일 만에 예전의 탱탱한 피부를 찾는 데 성공했다.

“지금 작품은 어때?”

“그냥, 할 만해요.”

“아니 내 말은 그거 말고, 우리 작품이랑 그거랑 비교해서 어느 게 낫냐고 묻는 거야.”

“음… 오랜만에 만나서 이렇게 곤란한 질문부터 하는 거예요?”

“후후, 농담이야, 농담. 강 배우와 함께하는 작품인데, 어련히 잘되겠어?”

“에이, 제가 뭐 하는 게 있나요. 감독님이 보기엔 어때요? 잘 빠졌어요?”

"중간에 대본 수정이 꽤나 많아서 곤욕을 치르긴 했는데…
이 정도면 내 기준엔 구십오 점 정도야. 원하는 건 다 들어갔
어. 배우들의 연기도 좋아. 다만 상영 타이밍이 좀 애매하긴
하지만 오히려 봄이니까 순수한 첫사랑의 향기를 일깨우기에
도 좋고."

대단한 자신감이었다.

지영이 아는 이민정 감독은 매우 냉정한 감독이었다. 그녀
가 이 정도로 평가했다면 작품은 분명 잘 빠졌을 것이다.

"마음이 놓이네요."

"후후, 그럼. 누구랑 찍은 작품인데."

"저는 오늘밤에 못 나오니 지방 시사회도 잘 부탁드릴게요."

"네네, 걱정 마시죠."

그렇게 쿨 하게 이해해 주는 이민정 감독과의 대화를 끝마
친 지영은 이어서 거의 매일 보는 이수진과도 반갑게 인사를
했다. 항상 타이트한 가죽 갑옷을 위에 걸치고 있어야 하는
연화, 이수진만 보다가 오늘 차려입은 모습을 보니 새로워 보
였다. 뒤이어 확실히 옷이 날개란 생각이 들기도 했다. 물론
당연히 그런 얘기는 입 밖으로 일절 꺼내지 않았다.

"오빠 오늘 멋진데요?"

"어, 너도."

"뭐예요, 그 성의 없는 대답은?"

"내 성의는 착한 사람한테만 느껴지거든."

"헐……."

제법 친해져 이런 장난도 잘 치는 둘이었다. 그리고 그런 둘을, 그 옆에 있던 서원이 빤히 바라봤다. 차분한 눈빛이지만 감이 워낙에 좋은 지영은 그 눈빛 속에 조용히 숨어 있는 감정을 캐치해 냈다.

반가움.

고마움.

부러움.

이 세 가지의 비스무리한 감정들이 곱게 뒤섞여 웅크리고 있었다. 하지만 지영은 그런 감정을 눈치채고도, 아는 척하지 않았다. 서원은 이미 한번… 지영을 가슴에 품었다. 그것도 단순히 동경 정도가 아닌, 한 명의 남자로 품었다.

지영은 서원 같은 스타일을 아주 잘 안다.

너무나 똑똑하기 때문에 현 상황을 아주 확실히 인지하고 있지만 일말의 희망 때문에 놓지를 못하고, 속앓이를 하는 타입… 서원이 그랬다. 지금 보니 자신에 대한 감정이 조금도 식지 않은 것 같았다.

즉, 아무것도 털어내지 못해, 지영이 조금이라도 반응해 주면 불이 붙은 도화선이 이어진 화약고처럼 터질 가능성이 너무나 농후했다. 그래서 지영은 무시했다. 아예 완벽한 무시는 아니고, 조금의 특별함도 심지 않은 일반적인 인사만 하고, 임수민의 옆으로 가서 앉았다.

"아주 불이 붙었는데? 어쩌니, 너?".

"……."

임수민의 놀림에 지영은 그냥 웃으며 입을 꾹 다물었다.

지영의 숙의 마음을 떠올렸다.

무정(無情).

미안하지만, 지영은 서원에게만큼은 무정하게 행동하기로, 마음을 정했다.

시사회를 무사히 마친 지영은 그 길로 곧장 다시 촬영장으로 향했다. 촬영장은 여전히 분주했다. 그래도 힘든 신이 전부 끝나서인지 스태프들과 배우들의 표정에는 한결 여유가 있었다. 차에서 내려 대기실로 가는데 오랜만에 보는 얼굴이 있었다.

"왔어?"

"어, 작가님. 어쩐 일이세요?"

신은정 작가였다.

지영의 질문에 그녀는 씩 웃으며 대답했다.

"오늘은 바람도 좀 쐴 겸, 잘되고 있나 확인도 할 겸, 겸사겸사?"

“잘 오셨어요.”

“지영이 너도 오늘 촬영 있어? 시사회도 있었다며.”

“이따 민석 선배님이랑 밤에 신 몇 개 있어서 끝나고 얼른 왔어요.”

“어휴, 피곤하겠네. 컨디션은 어때?”

“좋죠.”

“다행이네. 그럼 수고해!”

“네, 작가님.”

지영은 인사를 하고 대기실로 들어와 의자에 앉았다. 지영이 앉자 이성은이 다시 룰룰랄라 하면서 다가왔다.

“손님, 어떻게 해드릴까요?”

“숙 왕야처럼 부탁드립니다.”

“오……! 맡겨주십시오, 손님!”

“네, 잘 부탁드려요.”

그렇게 실없이 농담을 한 뒤에 지영은 이전에 받았던 메이크업을 싹 지우고, 숙 왕야의 모습으로 돌아갔다. 한참 뒤에 ‘끝!’ 하는 이성은의 말에 눈을 뜨니 밝은 이미지의 지영은 사라졌고, 차가움과, 도도함이 줄줄 흐르는 숙이 되어 있었다.

“수고하셨어요.”

“수고는! 저는 사장님의 직원입니다요! 후후.”

끝까지 장난을 쳐서 지영은 그냥 피식 웃고는 일어나 밖으로 나갔다. 밖으로 나가자 사방이 고요했다. 딱 신이 시작되기 전인 것 같았다. 지영은 슬그머니 촬영장 한구석으로 향했다.

이번 신은 악치원이 저잣거리로 나와 몰래 낭인과 군벌의 수장들과 만나는 장면이었다. 북방으로 귀환했지만 반드시 돌아올 숙을 막기 위한 계약을 맺는 장면이자, 악치원이란 캐릭터의 존재감이 터지는 장면이기도 했다.

명품 조연 배우 둘과 악치원이 주막의 방에서 만나는 것부터 이 신은 시작된다.

"레디… 액션!"

박종찬 감독의 사인과 동시에 연기가 시작됐다.

*　　　*　　　*

"어험! 거, 안에 있소?"

낭인의 수장 괴종이 헛기침과 함께 기별을 넣자, 끼이익. 문이 열렸다. 그러자 그 안에는 이미 악치원과 군벌의 수장 마석도가 같이 앉아 있었다.

"들어오게."

"허험, 실례하겠소."

그렇게 그가 안으로 들어가며 세 사람이 한 방에 모였다.

“……”

어색한 침묵이 흘렀다.

하지만 그것도 잠시, 악치원은 둘의 잔에 술을 따라줬다.

“일단 한 잔 받게나.”

“거, 고맙소.”

“……”

괴종의 말에 악치원의 시선이 스윽, 올라갔다. 싸하게 가라 앉은 눈빛. 그야 말로 무정(無情)이란 말이 어울리는 눈빛이었 다.

“고맙소?”

“커흠, 뭐, 그냥 넘어가십시다.”

“가십시다? 이보게, 괴종이. 지금 나랑 장난하자는 겐가?”

“……”

그 말에 괴종이 슬그머니 눈을 돌렸다. 그러자 악치원의 얼 굴에 변화가 생겨났다. 소름이 돋는 미소. 숙과는 다른 분노 가 담긴 얼굴이었다.

“거렁뱅이 같던 놈을 거둬 낭인의 대가리에 앉혀줬더니, 이 제는 주인과 맞먹으려고 하는 게냐?”

“아닙니다, 태감……”

“괴종이, 기억하는 게 좋을 게야. 네까짓 놈 대신할 놈이야 이 제국 천지에 널리고 널렸다는 사실을.”

“예, 태감······.”

스윽.

악치원은 그제야 고개를 돌렸다.

그다음 느긋한 동작으로 잔을 들어, 입에 털어 넣었다. 그가 한 잔 마시자 괴종과 마석도는 고개를 돌려 조심스럽게 잔을 입가에 가져다 댔다가, 뗐다. 좀 전의 대화로 상하가 완벽하게 구분된 것이다.

“숙이··· 북방으로 돌아갔다.”

“······.”

“······.”

둘은 악치원의 말에 입을 꾹 다물었다.

그는 명백하게 숙이라고 불렀다.

왕야라는 단어도, 대장군이라는 단어도 붙이지 않았다.

물론 며칠 전 제도와 제도 북문 밖에서 벌어진 전투에 대해서는 둘도 잘 알고 있었다. 괴종은 그때 낭인들을 동원하기도 했었다. 하지만 눈앞에서 직접 숙 왕야와 완전히 척을 지겠다는 악치원을 보자, 갑작스럽게 말문이 막혔다.

그리고 그걸 지켜볼 악치원이 아니었다.

“왜, 겁나느냐?”

무감정하게 흘러나온 악치원의 말에 괴종과 마석도는 흠칫 떨고는 얼른 대답했다.

“아, 아닙니다! 태감! 겁이라니요! 하하!”

“마, 맞습니다. 하하…….”

“…….”

그러나 악치원의 눈빛은 여전히 싸늘했다.

“묵검단이 영원히 침묵하고, 갑군이 궤멸하니 그들의 창칼
이 니들 몸에 쑤셔 박힐까, 두려우냐?”

“아, 아닙니다!”

“맞습니다, 태감! 하하! 숙 왕야! 아, 아니, 숙 따위를 무서워
할 리가 있겠습니까! 하하!”

허둥지둥 변명을 내놓지만 악치원의 눈빛은 여전히 싸늘했
다. 둘을 무정한 눈빛으로 노려보던 악치원은 다시금 잔을 들
어 술을 따랐다.

“그래야 할 것이다. 너희들이 만약 그에 대한 공포를 가지기
시작한다면… 나는 네놈들을 쳐낼 수밖에 없다. 겁에 질린 사
냥개는 필요 없으니.”

“네! 이 괴종이! 숙, 그놈의 모가지를 반드시 따 오겠습니다!
하하!”

“저도 꼭 한 팔 보태어 숙의 목을 따겠습니다!”

군기가 바짝 든 신병처럼 대답을 하지만 악치원의 기분이
그리 좋은 편은 아니었다. 이 한심한 놈들을 데리고 숙을 막
아야 한다는 암담한 마음이 가슴 한편에서 스멀스멀 올라왔

기 때문이었다.

말은 잘 듣는다.

하지만 그뿐이었다.

좀 전처럼 되먹지 못한 짓을 할 때도 있고, 생각이란 걸 거의 안 해 시키는 거 빼면, 할 줄 아는 게 없었다.

'처음부터 잘못 뽑았어. 쯔쯔.'

말 잘 듣는 놈으로 골라 뽑다 보니, 이렇게 생각이 없는 놈들로 커버렸다. 자신과 함께한 시간이 상당한데도 처음과 비교해 그리 변한 게 없었다. 악치원은 이게 답답했다. 사람이 없었다.

'믿고 일을 맡길 놈 하나가 없구나. 악치원아, 헛똑똑이다, 너는……'

그렇다고 어디에 하소연할 길도 없었다.

왜?

이 모든 게 배신을 염두에 두고 똑똑한 놈보단 조금 모자란 놈을 키운 자신의 과오였기 때문이었다. 하지만 이미 지나간 일, 어쩔 수 없었다.

"괴종."

"예, 태감."

"몇 이나 모을 수 있지?"

"최대한 끌어모으면 이천까지는 가능합니다요!"

“이천······.”

악치원은 눈을 감았다.

이천, 많은 숫자였다.

하지만 그 정도로는 단 삼백의 병력으로 묵검단과 갑군을 궤멸시킨 북신단을 반 시진도 막지 못할 것이다.

“기껏해야 고작 잠시 묶어두는 정도겠지······.”

“예?”

“되었다. 마석도. 너는?”

“음··· 모으고 모으면 오천 정도는 나올 겁니다.”

“오천이라······.”

그럼 도합 칠천이다.

많지만, 많지 않은 숫자였다.

숙은 반드시 되돌아올 것이다.

그가 이대로 북방에서 조용히 살 거라는 생각은 조금도 들지 않았다. 그러니 올 때는 그를 막아야 하는데······. 이 과정에서 문제가 생겼다. 남해는 움직이지 않는다. 동, 남방군 또한 마찬가지다. 그쪽의 두 방위군도 남해처럼 영구적인 계승을 하는 대신, 황실의 정치에는 신경 쓰지 않는다.

네 방위군은, 애초에 제국의 백성을 지키기 위해 존재하는 것이지, 황실을 지키기 위해 존재하는 게 아니었다. 그래서 숙이 북방군의 삼분의 일만 이끌고 남하를 해도 전부 움직이지 않을 것이다.

'아니, 오히려 반기겠지……'

서신을 몇 번 보낸 적이 있었다.

북방의 대장군이 황실전복의 야욕을 보이는 것 같다고. 그렇게 적어 보냈지만 답장은 없었다. 아주 깔끔하게 무시당했다. 그리고 그 자체에 의미가 있었다. 악치원의 서신 따위는 그냥 무시하는 정도였고, 세작을 보내보니 오히려 북방을 정벌한 숙을 다른 세 곳의 제독과, 사령관들이 기꺼워했다는 정보를 전달받았다.

그러니 도움을 기대하기는 지극히 어렵고, 그런 상황이니 악치원 개인의 능력으로 해결을 봐야만 한다.

"그날 죽였어야 했거늘……"

악치원은 한숨을 내쉬었다.

그날, 제도에서 죽이지 못한 게 이런 상황을 만들었다. 솔직히 악치원은 묵검단과 갑군을 동원하면 확실히 잡을 수 있을 줄 알았다. 무적을 자랑한다는 갑군과, 그런 갑군의 아성을 넘보는 묵검단이었기 때문이었다.

하지만 웬걸……

막상 뚜껑을 열어보니, 두 부대는 완전히 궤멸해 버렸다.

후퇴를 모르는 두 집단은 그곳에서 단 한 명도 남기지 않고 모조리 죽었다.

'그런데… 아무도 죽지 않았다고?'

반대로 북신단의 피해는 전무했다.

삼백 그대로, 북방으로 돌아간 것이다.

처음엔 말도 안 되는 일이라고 생각했다. 하지만 추가 조사대와 염탐을 보냈던 조사원을 통해 정말 북신단의 피해가 '전무'함이라는 걸 재차 확인했을 때는… 허, 허헛. 헛웃음만 흘러나왔다.

하지만 그것도 잠시, 악치원은 바로 움직였다.

그는 본능적으로 알았다.

얼마 뒤, 북방으로 돌아간 숙이 군을 이끌고 내려올 것이라는 걸. 그건 기정사실이라는 걸. 그가 내려와 제도를 장악하면, 가장 먼저 자신의 목을 날려 버리라는 것까지. 전부 알고 있었다. 그래서 바삐 움직였다.

사람을 모으고, 군을 모으고, 이곳저곳 자신의 영향력이 닿는 모든 곳을 쑤시고 다녔다. 하지만 그렇게 모은 군사는 지금 여기 두 놈이 모을 칠천 정도에, 예전부터 구워삶아 놓은 제도 방위군의 한축까지 하면 대략 만 이상은 모을 수 있었다. 하지만 이걸로는 턱도 없다는 걸 악치원은 이번 일로 알았다.

'북신단이 최정예라 하지만… 그곳엔 북신단만 있는 게 아니지. 대체 다른 부대는 또 얼마나 강할까……'

보병단도 있고, 궁병단도 있고, 북신단처럼 기마병단이 또 있다. 애초에 북방군의 총 병력 수가 십만 가까이나 된다. 그 중 태반이 일반 병사라고 할지라도 그 수치의 일, 이 할은 당연히 정예병이었다.

"그중 삼 할만 내려와도……."

제도는 잿더미가 될 것이다.

숙이 아예 짓밟아 버리겠단 마음을 먹으면 말이다.

"위험하구나, 위험해."

"태감. 그리 걱정 안 하셔도 될 겁니다. 하하! 제가 또 아는 형제들을 불렀는데 이놈들이 암살하는 만큼은 기가 막히게 잘합니다. 하하!"

"암살이라……."

피식.

괴종의 말에 악치원은 그냥 웃고 말았다.

암살?

감시자의 보고로는, 북신단보다도 더 강력한 건 숙 본인이라고 했다. 일신의 무력이 하늘에 닿은 게 아닐까 의심스러울 지경이라고 했다. 그런 숙을 암살? 말도 안 되는 소리다.

'게다가 숙의 가장 지근거리에서 호위하는 북신단은 또 어떻게 뚫는단 말인가.'

그런 생각이 들자 자연 악치원의 표정은 더욱 더 굳어갔고,

그 표정을 본 문석도가 조심스럽게 입을 열었다.

"저… 그럼."

"……."

"아, 아닙니다, 태감!"

"무어냐, 말해봐라."

"그. 그 왜 숙의 옆에 있는 계집을 납치하는 건 어떻겠습니까?"

"음……? 계집? 아, 아아……."

악치원은 저도 모르게 탄성을 흘렸다.

그래, 그 방법이 있었다.

숙을 건드릴 수 없다면, 그 주변 사람을 건드리면 되는 거다. 악치원은 자신이 너무 숙에게만 매달렸다는 것을 깨달았다.

본래 정적을 제거하는 가장 좋은 방법은 바로 가족을 이용하는 법이었다. 제아무리 철심을 지녔다고 해도 가족을 잡고 협박하면 열에 아홉은 무릎을 꿇었다. 악치원은 그러한 사실을 이제야 깨달은 자신의 미련함에 탄신을 흘렸다. 하지만 기어코 생각해냈으니, 됐다고 생각하기도 했다.

매우 안 좋은 발상의 전환이었다.

"보니까 그년만 잡으면 숙 그 인간도 충분히 잡을 수 있을 것 같아서……."

"그래, 그렇구나. 그런 수가 있었어. 마석도 니가 웬일로 좋은 의견을 냈구나. 허허, 허허헛!"

"하하, 감사합니다요, 태감."

북방군은 무섭다.

하지만 숙이 없는 북방군은 무섭지 않았다.

왜?

그들은 황제의 명령으로 통제할 수 있었기 때문이었다. 그런 생각에 악치원의 입가에 저도 모르게 미소가 피어올랐다. 그 미소는 악의 꽃보다도 화사하고, 아름다워 보였다. 독기가 충만하다 못해 넘치는… 그런 미소였다.

"컷!"

신은 여기서 마무리가 됐다.

"후우!"

최민석이 크게 심호흡을 하자 다들 연기에서 빠져나왔다. 조연 배우 두 사람의 연기도 지영이 보기엔 일품이었다. 게다가 둘은 최민석과 호흡을 많이 맞춰봤던 배우들이라 대사가 잘 안 들려도 지켜보는 맛이 있었다.

세트장을 벗어난 최민석에게 박종찬 감독이 다가가 어깨를 두들겨 줬다.

"역시 명배우!"

“낯간지럽게 그러지 마라.”

“하하! 명배우를 명배우라고 하는데 낯이 가렵긴? 자자, 얼른 장면 확인하고 쉬자고.”

“그러자고. 지영이는 왔나?”

“아까 온 것 같던데?”

“녀석도 참 아직 시간도 남았는데 좀 쉬다 올 것이지 일찍도 왔네.”

최민석의 말에 멀찌감치 떨어져 있던 지영은 피식 웃고 말았다. 사돈 남 말하는 소리다. 오늘도 아침 일찍 나왔을 게 분명했다. 그는 신이 아예 없는 날에도 항상 촬영장을 찾았다. 이유를 들어보니 그렇게 해야 감을 잃지 않는 다나 뭐라나… 어쨌든, 다른 사람도 아니고 그런 최민석이 저런 말을 하니 그냥 웃음만 나왔다.

지영은 스태프들 사이를 헤쳐 나가 최민석에게 다가갔다.

“선배님.”

“오, 지영이 왔냐.”

“네, 잘 봤습니다. 수고하셨어요.”

“클… 수고는 무슨. 니가 시사회 갔다가 오느라 수고했지. 오늘은 기자들이 귀찮게 안 하드나?”

있긴 있었다.

기자들 특성상, 지영은 아주 핫한 존재였다. 소설을 쓰기에 최적의 존재. 하지만 건드리기 너무 위험해서 망설여지지만, 반대로 도전해 보고 싶은 존재. 지영이 딱 그랬다. 그래서 오늘도 용감한 기자가 있었다.

무려, 국민들이 궁금해한다며 지영이 한국으로 오기 전 오년간 뭘 했냐고 물은 것이다. 결과는? 지켜보던 김은채가 아웃시켰다. 횡포라고 소리쳤지만 그 기자는 아마도… 이제 끝난 거다.

알고 보니 그 기자가 다니는 회사의 광고 반 이상을 대성에서 내어주고 있던 것이다. 아마 지영을 이용해 스타 기자가 되고 싶었던 것 같은데, 잘못 짚어도 한참 잘못 짚었다. 김은채가 나서지 않았어도 지영은 자신에게 들어오는 그 어떤 루머나, 악의적인 기사를 용서할 생각이 없었다.

어쨌든 그런 일이 있었지만, 지영은 그냥 고개를 끄덕였다.

"별일 없었어요."

"다행이네. 이 나라 기자 놈들은 요상한 것에 씌어서는. 아직 그거 고치려면 멀었다."

"별일 없었다니까요. 선배님 얼른 확인하고 쉬세요."

"그래, 그래."

둘이 영상을 확인하러 다시 걸음을 옮기자 지영은 피식 웃고는 다시 대기실로 들어갔다. 문을 열고 들어가자 막 도착한 연화역의 이수진이 메이크업을 받고 있었다.

"어, 오빠. 오셨어요?"

"오셨기는. 아까도 봤는데."

"후후… 거긴 거기, 여긴 여기."

"그거나 이거나. 오늘 신 확인했지?"

"네. 으으……."

이수진이 고개를 도리도리 저었다. 그러자 앞에 있던 메이크업 아티스트가 연화의 머리를 딱 잡았다. 지영은 이수진이 저러는 이유를 잘 알았다. 오늘 마지막 신, 납치당한 연화를 숙이 구하러 가는 장면이었고, 그 장면에서 연화는 천장에 매달려 있게 된다.

신의 리얼리티를 살리기 위해 어떠한 도구 없이 진짜 밧줄로 연화를 묶은 다음 매다는 신이니… 저러는 것도 이해가 간다.

"아플 거다."

"힝… 많이요?"

"그럼 그렇게 꽉 조이는데 안 아플 것 같냐? 이따 옷 입을 때 안에 피부 쓸리는 거 대비하고 입어. 안 그럼… 알지?"

"네……."

시무룩, 풀이 죽은 이수진을 보며 지영은 혀를 찼다.

"그러게 그냥 대역 쓰라니까."

"에이… 그럼 그림이 안 살잖아요."

피식.

확실 대역을 쓰면 그림이 안 살긴 한다. 아무리 똑같이 분장을 해도 배우에게는 특유의 분위기가 있다. 그리고 아무것도 그냥 매달려만 있을 거면 상관없지만 신은정 작가는 신에 연화의 대사도 집어넣었다.

그럼 당연히 육성이 나오는데, 대역으로는 그게 불가능하다. 물론 아예 불가능한 건 아니다. 나중에 더빙을 하면 된다. 그러나 그렇게 하면 좀 전에 이수진이 말한 것처럼 그림이 살지 않는다.

작품을 위해 투혼을 발휘하겠다는데, 말리는 것도 웃기는 일이었다. 지영도 의상을 갈아입었다. 아직 신이 남아 있지만 오랜만에 갑주를 입었으니 그에 적응하기 위해서였다. 잠시 뒤 연화가 납치되는 신 촬영이 시작했다.

모종의 서신을 받고, 새벽녘 조용히 숙소를 떠나는 연화. 약속 장소에 도착한 연화는 곧 함정임을 깨닫지만 미리 매복하고 있던 낭인들에게 결국 사로잡히고 만다. 그리고 제도 근방으로 끌려간다.

새벽에 잠에서 깬 숙이 연화가 없음을 알고 수하를 시켜 찾아보게 하지만, 연화는 이미 끌려갔고, 쪽지 한 장만 덩그러니 그 자리에 있었다는 보고를 받게 된다. 쪽지에는 연화를 살리고 싶으면 혼자 조용히 오라는 내용이 적혀 있었고, 숙은 그 길로 바로 연화를 찾아 떠나게 된다.

이 신 뒤로 바로 지영의 신이 이어진다.

이수진은 액션이 좀 취약한지, 몇 번에 걸쳐 NG를 냈다. 하지만 무술 감독의 지도하에 빠르게 감을 잡았고, 예상했던 시간 내에 신을 오케이받았다. 그러는 사이 늦은 밤이 된 후, 한 시간의 휴식 시간을 가지게 되었다.

저녁 식사 시간이었다.

지영은 접시에 밥과 반찬을 가득 떠서 테이블에 앉았다. 그러자 그 옆으로 조막만큼 밥과 반찬을 뜬 이수진이 와 앉았다.

"그거 먹고 되겠어?"

"으… 이따 매달려야 되잖아요. 혹시 많이 먹었다가 토하면 어떡해요."

"무겁다는 소리 들을까 봐 그런 게 아니라?"

"인정……."

이수진은 마른 편이었다.

전형적인 모델 체형을 가진 이수진이다.

"제가 이렇게 몸 가꾸는 데 얼마나 노력을 들이는지 아세요? 으으, 죽어나가요, 진짜."

"나는 안 해봤을 것 같냐?"

"오빠도 관리하긴 하지만… 전 물만 먹어도 살이 찐다구요!"

실제로는 수분이 빠져나간 몸에, 물이 들어오니 도로 안 나가는 것뿐이지만 지영은 적당히 맞장구쳐 주기로 했다.

"그런 물 있으면 좀 줘봐. 아프리카로 죄다 보내 버리게."

"으… 얄미워."

지영을 한번 흘긴 이수진은 젓가락으로 깨작깨작 밥을 먹기 시작했다.

그녀의 말이 맞다면 이수진은 여배우로 활동하기에는 어쩌면 최악의 몸을 가지고 있는지도 몰랐다. 인간의 인내력에는 한계가 있고, 그 한계를 쥐고 있는 고삐가 풀리면 5키로 10키로는 순식간이었다.

"힘내라."

"뉑……."

전에 없이 불성실한 대답을 들은 지영은 피식 웃고는 식사를 시작했다. 항상 느끼는 거지만 밥 차는 맛있었다. 반찬 중에서 제육볶음은 항상 빠지지 않았는데, 왜 그런지 잘 알 것 같았다. 매일 맛이 달랐다.

간장을 베이스로 하얗게 볶을 때도 있었고, 빨갛게 할 때도 있었다.

때론 맵게, 달게, 등등, 음식 하시는 아주머니의 솜씨가 예술이었다. 제육볶음 하나만 놓고는 유선정과 비교해 꿀리지 않을 것 같았다. 30분에 걸쳐 저녁을 다 먹은 지영은 소화도

시킬 겸 산책을 나섰다.

으슥한 숲.

칠흑의 어둠이 자리잡은 숲이지만 지영은 그리 무섭지 않았다.

적당한 바위를 찾아 걸터앉은 지영은 품에서 담배를 꺼냈다. 끊어야지, 끊어야지. 하면서도 여태 끊지 못한 담배를 빤히 보던 지영은 이내 입에 물었다.

치익.

"후우……."

연기를 뱉자마자 주머니 속에서 지잉! 지잉! 진동이 울렸다. 폰을 꺼내 보니 송지원에게 온 전화였다.

"네, 강지영입니다."

—난 거 알면서 자꾸 그렇게 받을래?

"버릇이에요. 어쩐 일이에요?"

—어디야?

"촬영 중이죠."

—그래? 몇 시에 끝나는데.

오늘 촬영은… NG가 갑자기 미친 듯이 나지 않는다면 2시간, 3시간이면 충분하다.

"두 시간? 세 시간? 그 정도 걸려요."

—그럼 끝나고 바로 집으로 와. 누나 집으로. 누나 서울 들

어왔어.

"벌써요? 괜찮아요?"

―응. 언제까지고 거기 있을 순 없잖니.

"음… 알았어요."

당분간은… 송지원의 말을 거역할 순 없었다. 그래서 순순히 지영이 대답하자 반대로 송지원이 의아해했다.

―어쩐 일로 순순히?

"당분간은 말 잘 듣는 착한 동생 할 생각이거든요."

―당분간만?

"네, 누나 괜찮아질 때까지만."

―…확 그냥!

"그래도 너무 부려먹고 그러진 마요. 누나 동생이 공사가 다 망한지라, 매우 바쁘거든요."

―…끊어!

뚝.

신경질적으로 전화를 끊은 것 같지만, 그게 아님을 잘 아는 지영은 그냥 실없는 미소를 짓고 말았다. 전화를 끊은 지영은 담배를 마저 태우고 다시 촬영장으로 돌아갔다. 대기실로 가 탈취제를 뿌리고 30분쯤 쉬자, 준비가 끝났다는 말을 스태프가 와서 전했다. 지영은 바로 마지막 점검을 받고, 밖으로 나갔다.

폐가.

이 신을 위해 급하게 지은 건물이지만 느낌은 아주 잘 살려 놓았다.

지영을 포함한 배우들이 자기 위치로 가서 호흡을 다듬으며 준비를 시작하자, 언제나 그렇듯 침묵이 살포시 내려앉았다.

그리고 그 침묵 속에, 오늘의 마지막 신이 시작됐다.

"레디, 액션!"

*   *   *

"훅훅……."

거친 숨을 몰아쉰 숙은 폐허가 된 절 안을 둘러봤다. 그러다 대전의 중앙 대들보에 굵은 밧줄로 매달려 있는 연화를 발견했다.

뚝. 뚝.

얼굴을 맞았는지 입에서 피가 섞인 침을 뚝뚝 흘러내리고 있었다.

"……."

숙은 그런 연화를 가만히 바라보다가, 다시 주변을 둘러봤다. 인기척은 아직 느껴지지 않았다. 하지만 숙은 여전히 움직이지 않았다. 어디에 함정이 있을지 아직 모르는 상황. 괜히 연화를 구하겠다고 움직이는 순간, 여기서 둘이 같이 뼈를 묻는 수가 있었다. 그래서 속은 연화가 너무 걱정됐지만, 냉정하게 주변을 살폈다.

숙은 눈을 감았다.

그리고 정신을 최대한 집중했다.

잠시 뒤 숙은 작은 풀벌레 소리조차 걸러내기 시작했다. 사르륵, 사르륵. 나뭇잎 흔들리는 소리. 그리고 빗방울이 하나둘씩 떨어지는 소리까지, 전부 들렸다.

끼익.

그때 숙의 귓가에 인위적인 소리가 걸렸다. 나무가 삐걱거리는 소린데, 정상적으로 삐걱거리는 소리는 아니었다.

'예를 들면… 사람의 체중으로 찍어 누르는. 그런 소리지.'

북방으로 끌려가기 전에도 들어본 적이 있었고, 얼마 전에도 들어본 적이 있었다.

황제를 알현할 때, 그때 천장에 몸을 숨긴 자들이 이런 소리를 간혹가다 냈었다.

물론 아닐 수도 있겠지만 지금 딱 그 소리가 났다는 게 우연일리는 없다고 숙은 판단했다.

숙은, 애초에 알고 있었다.

지금 이 장소가 자신을 잡기 위한 함정이라는 사실을.

철상을 비롯한 모든 수하들이 말렸으나 이곳으로 온 이유
는 딱 하나였다.

연화.

시비이자, 호위 무사이며, 가족이기도 한 그녀를 구하러 온
것이다.

"제국을 수호할 운명을 타고난 내가… 너를 버릴 수는 없는
노릇이지 않느냐."

숙은 쓱 그렇게 웃으며 뇌까렸다.

그러자 고개를 푹 숙이고 있던 연화가 그 소리에 반응해 힘
겹게 고개를 머리를 들었다.

"왕… 야."

"괜찮으냐?"

"도망……."

"도망이라… 후후, 내게 도망은, 그날 협곡에서가 마지막이
니라."

"왕, 야… 제, 발……."

"걱정 말거라."

숙은 연화를 다독인 이후, 천천히 찌그러지고, 깨진 정면의
불상 옆으로 시선을 돌렸다.

"나오너라."

숙의 말이 떨어지기 무섭게 불상 옆에 잔영이 졌다.

“후후… 용케도 알아보셨습니다.”

모습을 드러낸 자는 악치원.

역시 예상했던 자였다.

Chapter87

무정(無情)Ⅲ

　복면을 한 일단의 무리와 함께 나타난 악치원을 보며 숙은 웃었다. 어떻게 이리, 이놈들은 한 치도 예상을 벗어나지 못할까. 신기하기까지 했다. 당연히 악치원일 거라는 예상도 했었다. 그가 아니면 북방까지 와서 감히 연화를 납치할 간덩이 부은 자는 없을 테니 말이다.

　"오랜만에 뵙습니다, 대장군."

　악치원의 인사에 숙은 다시 피식, 실소를 흘렸다.

　연화를 잡았다고 얼굴에 여유가 철철 흘러넘쳤는데, 숙은 그게 너무나 우스웠다.

"너는 살기를 포기했구나."

"클클, 그럴 리가 있겠습니까? 이 악치원이, 아직 정정합니다."

"그럼 그 정정한 몸으로 조용히 살 것이지, 이 먼 북방까지 뭐 하러 온 게냐."

"그냥 나들이 좀 나와보았습니다. 대장군께서 이룩한 평화를 제국의 신하된 자로서 한번 눈에 담고 싶기도 했고 말입니다. 허헛."

피식.

제국의 신하?

같잖은 소리를 하고 있었다.

숙이 보기에 저놈은 제국의 신하가 아니라, 제국을 좀먹는 벌레에 지나지 않았다. 그것도 다리가 수십 개는 달린, 요괴로 진화한 벌레였다.

숙은 연화를 바라봤다.

"연화야."

"……"

숙의 부름에 연화는 고개만 겨우 들어 그를 바라봤다. 숙은 그런 연화를 향해 웃었다. 안타까운 미소였다.

"미안하구나. 내 너를… 지켜줄 수 없을 것 같구나."

"와, 왕야… 어, 어서 도망가시……"

“대신, 내 하나 약속하마. 연화 네가 가는 길을 외롭지 않게 해주마.”

“…….”

씨익.

그 말에 연화는 힘겹지만 분명하게 미소를 지었다. 숙도 그런 연화를 향해 마주 웃어줬다. 그리곤 잠시 뒤 웃음을 거두고 천천히 시선을 내려, 악치원에게 향했다. 숙은 다시 웃었다. 하지만 연화에게 보여줬던 미소와는 완전히 다른 미소였다.

살기등등한 미소.

전에 없이 살벌한 미소였다.

그르룽…….

그런 살기 어린 미소를 받쳐줄, 더욱 살벌한 진홍이 검집을 빠져나오며 울음을 토해냈다. 불그스름한 예기를 사방으로 토해내기 시작한 진홍은 그 자체로, 귀기까지 뿌리고 있었다. 그렇게 전투준비를 끝낸 숙을 보며 악치원의 표정은 딱딱하게 굳어 있었다.

“제 사람을 죽일 작정이십니까, 대장군?”

“본래는 구하려고 했었다.”

“그런데?”

“훗, 내가 너의 계략에 놀아나 이 자리서 죽으면, 연화가 나에게 너무 미안해할 것 같더구나. 그럼 죽어서도 편히 눈을 못 감을 게 아니냐. 그래서 마음이 바뀌었다. 살기로.”

“…….”

씩.

숙이 웃자 악치원은 눈꼬리를 파르르 떨었다.

이런 전개는 전혀 예상하지 못했다.

그는 숙이 연화를 지키려고 할 줄 알았다. 그래서 가능하면 처음에 숙을 최대한 만신창이로 만들려고 했다.

그런 다음, 내려 보려고 했다.

제국의 주인은 황제도, 대장군도 아니고, 자신이라며 오연한 표정으로 비웃어주려고 했다. 그럼 마음을 품고 이 추운 혹한의 대지를 찾았다. 하지만 웬걸… 숙은 결코 그 의도대로 움직여 주지 않았다.

이곳을 찾아온 것은 생각대로 됐지만, 그 이상은 하나도 없었다.

물론, 악치원은 바보가 아니었다.

이미 빠져나갈 굴을 몇 개나 만들어놨지만 이상하게 등이 점점 축축해지고 있었다.

‘불길, 지극히 불길하다…….’

악치원이 그런 생각을 하자 숙이 다시 씩 웃었다.

“지금 이곳을 중심으로 사방 천리에 걸쳐 망(網)이 쳐지고

있다. 들어는 보았느냐? 제국의 북방군이 자랑하는… 천라지
망(天羅地網)을.”

“…….”

“후후, 악치원아. 너는 전쟁을 모른다. 전쟁이란 말이다. 반
드시 적을 죽여야만 내가 살아나는 곳이다. 내 아군이 나 대
신 칼을 맞고 죽어도, 속으로 울지언정 겉으로 그를 껴안고 슬
퍼하지 않는단다. 그곳이 북방이고, 이 숙은… 그곳을 평정했
다.”

화르르……!

불길이 거세게 일어나는 착각이 들 정도로 어마어마한 기
세가 숙을 중심으로 퍼져 나가기 시작했다.

바람 때문인지, 기세 때문인지 흩날리기 시작하는 머리카락
을 보니 소름이 돋고, 등골이 오싹했다.

하지만 악치원은 이를 악물었다.

살아야 했다.

살아남아야 했다.

‘어떻게 올라온 자리인데…….’

이리 허무하게 당한단 말인가.

말도 안 되는 소리다.

악치원은 바로 품에서 칼을 꺼내 연화를 매달고 있던 줄을
끊었다.

드르륵!

대들보에 밧줄 긁히는 소리가 나더니 연화가 그대로 뚝 떨어졌다. 그리고 악치원은 보았다. 눈썹 한번 꿈틀거리지 않는 숙의 모습을. 숙은 그대로, 자신을 노려보고 있었다. 등골이 이제는 축축하게 젖기 시작했다.

"이년을 챙기거라. 언제든 죽일 수 있게 준비하고……."

"예이……."

이미 숙의 기세에 바짝 겁을 집어먹은 마석도가 기어들어가는 소리로 대답하곤 연화의 머리채를 잡아당겨 목에 칼을 댔다.

하지만 그런데도 여전히 마찬가지였다. 심지어 목에 바짝 칼을 대고 있는 연화의 당당한 눈빛 또한 그대로였다.

'도대체가…….'

북방이 어떤 곳이기에 이런 괴물들만 모였단 말인가!

숙이 들었으면 웃었을 말이었다.

왜냐고?

괴물이 북방으로 모여든 게 아니라, 북방이 괴물을 만들어 냈기 때문이었다.

악치원은 머리를 굴렸다.

칼을 뽑아 들었지만 아직 직접 나서지 않고 있는 숙. 그건 곧 이유가 있을 것이라 봤다. 그는 축 늘어져 있는 연화를 바라봤다.

'오호라…….'

살리고 싶긴 한가 보구나.

배짱을 부리는 건 아니었다.

만약 여기서 연화를 죽인다면 그다음은 진노한 숙의 칼을 맞게 되리라. 상황이 너무나 변했지만 그래도 아직 살 길은 남아 있다는 것을 악치원은 알았다. 그걸 알게 되자, 연화를 놓고 먼저 제안을 하는 자가 지게 된다는 것도 덩달아 깨달았다.

연화는 숙에게도 약점이지만, 악치원에게도 약점이었다.

숙은 연화 때문에 함부로 움직이지 못하는 상황이고, 악치원은 연화가 죽게 되면, 더 이상 미래가 없는 상황이었다. 이러한 기묘한 대치에 대해 악치원을 깨닫고 있는 걸, 숙도 당연히 알고 있었다.

그래서 두 사람 다, 그 얘기만큼은 꺼내지 않는 기묘한 대치가 이어졌다.

＊　　　　＊　　　　＊

"컷!"

"후우……."

컷 소리가 들리자 지영은 긴 한숨을 내쉬었다. 적절한 타이밍이었다. 모조 검이지만 무게가 좀 있어 슬슬 부들부들 떨리기 시작한 걸 느꼈기 때문이었다. 땡강! 검을 놓은 지영은 팔을 주물렀다.

그러자 최민석이 눈빛을 풀고 얼른 다가왔다.

"어디 다쳤냐?"

"아니요, 뻐근해서요. 이게 생각보다 무겁거든요."

"그래? 다행이다."

최민석의 걱정에 지영은 가볍게 답하고는 주먹을 쥐었다, 폈다. 했다. 사실 이 정도로 근 경련이 일어날 정도는 아니지만 연기 때문에 잔뜩 힘을 주고 있었더니 팔에 무리가 온 것 같았다. 지영은 이어 신을 확인했다.

다행히 신에 문제는 없었다.

분위기, 대사, 구도까지 전부 완벽했다.

"자! 그럼 잠시 쉬다가 마지막 신 가세!"

"준비 끝나면 불러."

최민석이 먼저 대기실로 가고, 지영도 대기실로 들어왔다. 두둑, 두둑. 소파에 앉아 목을 푼 지영은 몸을 깊게 묻었다. 오늘은 이상하게 몸이 피곤했다.

"아… 지원 누나한테도 가야 되는데."

느낌이 이 상태로 가서 술을 마시면 그대로 퍼질 것 같았다. 하지만 못 가겠다고 하면 또 엄청 서운해할 게 뻔해서 무르지도 못할 것 같았다. 지영은 일단 눈을 좀 붙이기로 했다. 체력 회복에는 뭐니 뭐니 해도 역시 자는 게 최고였다. 스르륵, 기절하듯 잠이 든 지영이 다시 일어난 건 한 시간쯤 지나 스태프가 톡톡 두들겼을 때였다.

"으음, 준비 끝났어요?"

"네, 준비하시고 나오시면 됩니다!"

"네, 정신 차리고 바로 나갈게요. 십 분만 기다려 달라고 말 좀 해주세요."

"네!"

막내 스태프인지 앳된 얼굴로 긴장을 한 게 절실히 느껴졌다. 지영이 말을 끝내자 바로 몸을 돌려 아장아장 걸어가는 걸 보고 무심코 잠결에 피식 웃어버렸다. 그런데 그게 소리가 컸는지 스태프가 흠칫 놀라며 멈췄고, 볼을 발갛게 물들인 채 뒤를 돌아봤다가 후다닥 달려 나갔다.

"아……."

미안한 짓을 해버렸다.

지영은 나중에 사과해야겠다고 생각하곤 얼른 일어나 준비를 했다. 일어나서 이성은에게 메시지를 보내자 3분 만에 그녀가 안으로 들어왔다.

"깨우지 그랬어요."

"너무 곤히 자서. 요즘 피곤했어?"

"아… 그랬나 봐요. 얼마나 잤어요?"

"한 시간쯤? 그렇게 많이 안 잤어. 배우들 준비하는 시간도 필요했고."

"다행이네요."

마법처럼 이성은의 손길을 거치자 지영의 얼굴이 다시금 숙의 모습으로 돌아갔다.

"피부 많이 상했네. 이번 작품 끝나면 관리 좀 받아야겠다."

"그래요? 음… 괜찮다고 생각했는데."

"얘, 피부는 조금만 관리 안 해도 훅 날아가. 너도 이제 나이가… 아직 젊구나."

"하도 많은 일이 있어서 한 마흔은 된 거 같죠?"

"그러게. 오래 봐서 그런가?"

지영이 꼬마일 때부터 본 사이니, 사실 오래본 사이긴 했다. 지영이 초등학교 1학년 때부터 같이 봤으니, 근 10년을 함께한 사이였다.

"자, 끝났다."

"고생했어요, 누나."

"고생은? 이게 내 일인데! 마무리 촬영 파이팅!"

"네."

자리에서 일어난 지영은 의복을 정도하고 밖으로 나갔다.

밤이 되자 쌀쌀한 공기가 한가득 밀려왔다. 밖으로 나오자 액션 배우들이 연습을 하고 있었다. 그러다 지영이 나온 걸 확인하고 합 맞추는 걸 멈추고, 다들 자리로 돌아갔다. 그들이 자리로 가서 서자 박종찬 감독이 지영에게 다가왔다.

"강 배우, 준비 끝났나?"

"네, 바로 시작하셔도 됩니다."

"그래그래, 얼른 끝내고 오늘 촬영 마무리하자고."

"네."

지영도 대화를 끝내고 다시 자신의 자리에 가서 섰다. 이미 최민석은 감정 잡기가 끝났는지 이기적이고, 싸늘한 눈빛이 되어 있었다. 지영도 다시 검을 쥐고, 감정을 잡기 시작했다.

화르르…….

푸른 불길이 타오르는 것처럼 지영의 기세가 일변했다. 참 신기한 변화였다. 꿈틀, 지영의 변한 기세를 느낀 최민석이 슬쩍 웃었다. 이번 신은 액션 신이었다. 지영은 거의 움직이지 않고, 밖을 쥐도 새도 모르게 정리한 숙의 호위대가 난입해서 연화를 구하는 장면이었다. 그 과정에서 대경한 악취원은 미리 파놓은 굴로 도망을 친다. 숙은 그런 악치원을 쫓지 않고, 힘없이 늘어진 연화를 챙긴다. 하지만 연화는 그 과정에서 목을 베이고, 사경을 헤매는 신으로 이어진다.

숙의 분노가, 제대로 터지는 분기점이 되는 곳이었다.

“배우들 준비 다 됐습니까?”

조연출의 외침에 지영은 고개를 천천히 끄덕였다. 최민석에, 다른 배우들까지 고개를 끄덕이고 나자 박종찬 감독이 메가폰을 들어 올렸다.

“레디, 액션!”

액션 사인이 떨어지자 고요한 침묵 사이로, 쉭! 하는 소리가 갑자기 터졌다. 그리고 그 소리에 맞춰 연화의 목에 칼을 대고 있던 마석도가 흠칫 놀라며 칼을 급히 당기며 일어났다. 피웃! 연화의 목에 붙어 있던 모조 혈액 팩이 터지며 피분수가 짧게 솟구쳤다. 동시에 대경한 최민석이 급히 몸을 말고, 뒤로 돌아 후다닥 도망쳤다.

쉭!

쉬익!

암기가 날아가는 효과음이 연속해서 들려왔고, 문을 통해 새까만 야행복에 귀신 탈을 쓴 일단의 무리가 들어왔다.

숙이 먼저 이곳으로 와 있는 동안 이 근처를 장악하고 있던 악치원의 부하를 소리 소문 없이 정리한 숙의 호위대였다. 일시에 달려든 호위대가 마석도를 포함한 악치원의 부하들을 향햐 달려들었다.

깡! 까강!

“이 시벌 것들은 뭐야! 다 죽여!”

“……”

호위대는 말이 없었다.

그저 묵묵히 칼과 검을 적의 몸뚱이에 찔러 들어갈 뿐이었
다.

숙은 난전이 벌어진 틈을 타 피가 나는 목을 지혈할 생각하
지도 못한 채로 바닥에 쓰러져 있는 연화를 향해 걸었다.

비릿한 피 냄새가 났고, 연화는 미동이 없었다. 지척까지 다
가온 숙은 연화의 목에서 흐르는 피를 가만히 바라보다가, 무
릎을 굽혀 연화를 당겨 안았다. 그리곤 바로 품에서 약을 꺼
내 바르고, 허리를 매고 있던 띠를 풀러 연화의 목을 감기 시
작했다.

“견디거라.”

“왕야……”

숙의 말에 연화가 겨우 눈을 뜨곤 대답했다.

“죄, 죄송……”

“괜찮다. 아무 말도 하지 말거라.”

스윽.

숙은 연화를 가볍게 안아 올렸다. 그리곤 이미 마석도 패거
리 제압을 끝낸 호위대를 향해 몸을 돌렸다.

“정리하거라.”

“……”

숙의 말에 가장 정면에 있던 검붉은 귀신 탈을 쓴 호위대원이 말없이 고개를 끄덕였다.

"와, 왕야……! 살려주십시오! 저는 그저 악치원 그자가 시켜서 어쩔 수 없이……! 으악!"

마석도의 개소리를 호위대원이 곧바로 막았다. 숨이 끊어지는 소리가 연달아 들리기 시작했다.

하지만 숙은 뒤도 돌아보지 않고 사당을 나왔다. 동이 트고 있었다. 숙은 축 늘어진 연화와 먼 산에서 트고 있는 해를 바라보며, 씩 웃었다.

이제 되었다.

이쯤 참았으면… 천하의 숙이, 매우 많이 참은 것이다. 숙의 눈빛에 광기가 일렁이기 시작했다.

이번 일은, 아마 황제 '순'도 몰랐을 것이다. 순은 현재 꼭두각시 황제……. 악치원이 이 일을 보고했을 리가 없었다. 하지만 그래도 상관없었다. 숙은 이제 완전히 마음을 굳혔다. 숙이 나오자 저 멀리서 일단의 기마대가 다가왔다. 북방의 악마들이었다.

숙이 일부로 오지 말라고 해서 근처에서 대기하고 있던 이들이 교전소리가 들리자 급히 달려온 것 같았다.

"왕야."

철상의 부름에 숙은 말없이 연화를 잠시 맡기고, 말 위로 올라갔다. 그리고 다시 연화를 넘겨받고, 천천히 성채로 돌아가기 시작했다. 그런 숙을 북신단이 동그랗게 호위하듯 감쌌다. 숙은 성채에 도착할 때까지 입을 열지 않았고, 분위기는… 아주 처참하게 가라앉아 갔다.

*   *   *

"컷!"

"후우……."

지영은 컷 사인에 말을 멈췄다.

"에고……."

오랫동안 축 늘어져 있던 연화가 눈을 부스스 뜨곤 조심스럽게 말에서 내렸다. 지영도 연화가 내리자 땅으로 내려왔다.

"아고고… 죽겠네요."

"힘들지?"

"네… 오빠도 얼굴 장난 아닌데요? 피곤이 덕지덕지 묻어 있음!"

"그러게. 오늘은 이상하게 피곤하네."

"그래요? 오빠도 피곤이 쌓였나 보다."

"그러니까. 어쨌든 수고했다."

"넵! 오빠도요!"

그렇게 수고했다는 말을 마치고 나니 사당 안에서 최민석이 먼지가 가득 묻은 꼴로 걸어 나왔다.

"수고하셨습니다, 선배님."

"수고는 무슨. 수고는 네가 했지."

"하하, 아니에요."

"신이나 확인하고 얼른 마무리하자."

"네."

세 사람은 박종찬 감독에게 가서 신을 확인했다. 어색한 부분이 몇 군데 있긴 한데 다행히 지영이 나오는 신은 아니었다. 이 정도면 조연 배우들만 남아서 다시 찍으면 되는 수준이라, 지영은 저도 모르게 안도의 한숨을 흘렸다.

"강 배우 고생했어!"

"네, 감독님도 고생하셨어요."

"그래, 그래. 얼른 퇴근해."

"네."

지영은 현장에 남는 스태프들에게 인사를 일일이 하고, 대기실로 돌아와 소파에 털썩 앉았다.

"아……."

한숨을 폭 내쉬며 눈을 감고 있으려니 이성은이 다가와 얼른 메이크업을 걷어냈다. 지영이 침대에 늘어져 있는 탓에 자세가 불편할 텐데도, 이성은의 손은 빨랐다. 메이크업을 지우

고나자, 지영은 무거운 몸을 일으키며 의상을 벗었다. 한정연이 지영의 의상을 받으면서 물었다.

"여기서 좀 쉬었다 갈래?"

"아니요… 가면서 쉬죠 뭐. 맞다. 그리고 저 바로 지원 누나한테 가봐야 돼요."

"지원 언니한테?"

"네, 서울 들어왔다고 해서요."

"그래? 알았어. 그럼 바로 지원 언니네로 가면 되는 거지?"

"네."

"차에 시동 걸어놓을 테니까 옷 갈아입고 나와."

한정연과 이성은이 짐을 챙겨 나가고, 지영은 탈의실에서 옷을 다 갈아입고, 밖으로 나왔다. 스태프들에게 인사를 하고는 차에 오른 지영은 채 10분이 지나기도 전에 곯아떨어졌다.

*　　　　*　　　　*

"지영아. 지영아, 일어나!"

"음……."

누가 흔들어 깨우는 소리에 지영은 잠에서 깼다. 거의 기절하듯 한동안 자고 났더니 몸이 좀 살아나는 것 같았다.

"도착했어요……?"

감긴 목소리로 지영이 묻자 한정연이 고개를 끄덕이곤 짐을 챙겨줬다.

"내일은 촬영 없지?"

"네. 내일도 민석 선배님만 있으니까 모레 오던 시간에 오시면 돼요."

"그래, 알겠어. 그럼 누나 갈게."

"네. 수고하셨습니다."

"응! 그럼 바바이!"

차가 떠나고 나자 지영은 송지원의 집 벨을 눌렀다. 잠시 뒤에 화면에 수척한 여인의 얼굴이 떠올랐다.

ㅡ지영이?

"네, 저 지금 왔어요."

ㅡ응. 지금 들어와.

띠잉.

열린 문을 통해 집 안으로 들어간 지영은 정원을 가로질러 바로 현관으로 향했다. 문 앞에는 송지원이 나와 기다리고 있었다.

"누나, 오랜만이에요."

"후후, 그러게. 피곤하지? 일단 들어와."

"네."

안으로 들어가자 거실에 은재가 앉아 있었다. 지영은 눈을 동그랗게 떴다가, 바로 은재에게 다가갔다.

"언제 왔어?"

"나는 한 시간 전쯤? 지원 언니가 너도 온다고 하고, 나도 보고 싶다고 해서 놀러왔지. 흐흐."

은재의 대답에 지영은 작게 웃었다.

저 특유의 웃음소리를 들으니 마음이 정화되는 것 같았다.

"잘했어. 벌써 한잔하고 있었네?"

"응! 근데 두 잔밖에 안 마셨어. 너 오면 같이 마시려고. 흐흐. 맞다. 지원 언니가 해물찜이랑 족발 배달시켰어."

"그래? 배고팠는데 잘됐다."

그렇게 대답하며 자리에 앉기 무섭게 송지원이 잔과 접시, 수저를 가지고 나왔다.

"오자자마 여친이랑 딱 달라붙어 얘기하는 거야?"

"요즘 은재 바빠서 통 얘기할 시간이 없었거든요."

"그래? 맞다. 은재 학교는 어떻게 되고 있니?"

송지원이 은재를 향해 묻자 은재는 히죽 웃으며 브이를 그렸다.

"착착 진행되고 있지요! 어제도 가봤는데 기숙사 건물도 거의 끝나고 안에 청소하고 시설만 들이면 된대요!"

"이야… 잘됐네. 근데 진짜 대단하다. 그 나이에 학교 이사장도 다 하고."

"에이, 은채 언니가 좋은 분들 많이 소개시켜 줘서 제가 한 건 별로 없어요. 사실 저는 하고 싶다고만 했지, 진짜 일은 은채 언니가 다 했어요."

"그렇게 못 죽여서 안달인 것처럼 보이더니, 은채가 그래도 착하네."

"그럼요. 흐흐, 우리 언니 완전 착하죠?"

"그래그래, 착하다, 착해,"

쪼르르.

지영의 잔에 붉은 빛깔의 술이 가득 담기기 시작했다. 송지원이 좋아하는 복분자주였다. 물론 지영도 달달해서 싫어하지 않았다.

"누나 몸은 좀 괜찮아요?"

지영이 셋이 잔을 부딪치고 나서 묻자 송지원은 은재처럼 씩 웃었다.

"그럼, 좋아졌지! 원래 더 이전에 좋아졌는데, 그냥 쉴 겸 해서 늦장부리다 올라온 거야."

"휴, 다행이네요."

지영은 솔직히 송지원이 벌써 다 좋아졌다고 믿지 않았다. 한 달도 안 되는 시간에 납치에 대한 트라우마가 회복될 리가 없었기 때문이다. 하지만 그녀가 자신을 위해 거짓말을 하고 있다는 걸 알기에, 지영은 그냥 고개를 끄덕여 줬다.

‘그래도 다행이네. 이 정도까지 회복은 됐으니……’

은재도 그렇지만 김은채도 납치 때문에 성격이 엄청 변해 버렸다. 대한민국 대표 까칠함의 대명사로 알려진 게 김은채이기도 했다. 그만큼 납치라는 게, 사람을 심적으로 엄청 힘들게 한다.

그래서 솔직히 걱정도 많이 했는데, 다행히 송지원은 납치의 기억을 이겨내고 점점 정상으로 돌아오고 있었다. 물론 아직 속단하기는 이른 상태이기도 했다. 이런 종류의 트라우마는 언제, 어디서 터질지 모르기 때문이었다.

“언니, 언니 계속 집에 있을 거예요?”

“한동안 그러려고. 왜?”

“저 그럼 일 없을 때 매일 놀러 와도 돼요?”

“응? 너 글은 안 써? 여름에 솔 영화로 들어간다며. 그거는 끝냈어?”

“흐흐, 이미 끝냈죠!”

“올… 은재가 일을 아주 잘하네? 지영아, 너 조심해야겠다. 이러다 은재가 더 돈을 잘 벌겠어.”

송지원의 농담에 지영은 그냥 웃었다. 아닌 게 아니라 요즘 은재의 통장에 꽂히는 돈은 진짜… 어마어마했다. 해외에서 아주 제대로 터지면서 매달 엄청난 금액이 통장으로 들어왔다. 그래서 임미정의 후배이자, 재단 이사인 전문자신관리사에게 아예 돈 관리를 맡겼고, 그 결과 돈이 다시 돈을 낳는 기적을 요즘 맛보는 중이었다.

하지만 그렇게 많은 돈을 벌어들이면서도 은재는 조금도 변하지 않았다. 애초에 그 돈을 전부 사회에 환원할 예정이라 자신의 돈이란 인식 자체를 가지고 있지 않았다.

소설가.

사장되어 가던 직업이 은재 때문에 다시 인기를 얻어가고 있었고, 그 결과 국가의 독서량 자체가 올라가는 사회적 붐이 일어나고 있는 중이기도 했다.

"두 사람이 아주, 돈을 긁어모으는 구나?"

"에이, 그 정도는 아니에요."

"아니기는? 너희 둘이 지금까지 번 돈이 이 누나가 한평생 배우 생활 하며 벌은 돈보다 훨씬 많은데?"

"그거야……."

그렇기는 하다.

그래서 지영과 은재는 난감한 웃음을 지을 수밖에 없는 상황에 처해질 때쯤, 띵동! 고맙게도 벨이 울렸다. 지영은 벨이 울리자마자 잽싸게 일어났다.

"제가 받아 올게요."

"타이밍 하고는… 부탁할게. 맞다. 현금 있어?"

"네. 현금이야 항상 조금씩 챙겨 다녀요."

“그래, 그럼 동생이 사는 거야?”

“물론이죠. 더 먹고 싶은 거 있으면 지금 얘기해요. 다 시키게요.”

“애, 못 먹어. 지금 시킨 것도 대 자라 반도 못 먹을걸?”

많이도 시켰다.

지영은 지갑을 챙겨 밖으로 나와 현관으로 갔다.

띵.

안에서 송지원이 문을 열어주자 배달부에게 음식을 받아 다시 돌아왔다. 안으로 들어온 지영은 식탁에 음식을 세팅하기 시작했다. 부식이 하도 많아서 랩을 까는 데만 10분쯤 걸렸다.

“짠! 지영이와 은재의 평온을 위하여!”

“짠! 언니는 왜 빼요?”

“후후, 나는 이미 편안하단다.”

“에이. 언니의 평온도 같이 위하여! 다시 짠!”

주거니 받거니 대화를 들으며 지영은 매콤한 해물찜을 하나 집어 먹었다. 확실히 입맛 까다로운 송지원이 시킨 거라 그런지 음식은 매우, 정말 매우매우 맛있었다. 매콤, 달달한 맛이 입안에 퍼지자 스트레스가 확 날아가는 기분도 들었다.

“호호, 으으… 맵다!”

매운 걸 잘 먹는 은재도 콧잔등에 땀이 송골송골 맺힐 정도였다. 하지만 매콤한 해물찜과 야들야들한 족발을 같이 싸 먹으니 매운 맛이 중화되어 훨씬 맛이었다. 술이 돌기 시작했다. 아는 지인이 직접 담가 보내준다는 복분자주 두 병이 순식간에 비워졌다. 은재와 송지원은 음식을 먹으면서도 끊임없이 대화를 주고받았다.

주제는 엄청 다양했다.

정치 얘기를 할 때도 있고, 경제, 영화, 소설, 학생들 얘기를 할 때도 있었다. 노래 얘기를 할 때도 있고, 정말 다양하게 이런 저런 얘기를 주고받았다. 지영은 그런 대화를 들으면서도 송지원의 안색을 가끔씩 살폈다.

'역시…….'

가끔씩 눈가에 그늘이 졌다.

그건 아주 잠깐이었고, 금방 사라졌지만 지영은 그걸 확실하게 캐치했다. 억지로 웃는 것. 아직은 서울이란 공간이 주는 압박감을 이겨내지 못하고 있다는 것. 이런 상태면 공황장애로 발전할 가능성이 농후했다.

'어떻게 한다…….'

하지만 이겨내려고 노력중인 송지원을 보자니, 마음이 짠했다. 그리고 너무 미안했다. 자신 때문에 납치를 당한 거나 다름이 없었으니 말이다. 지영은 지금 당장 자신이 송지원을 위해 해줄 수 있는 일이 거의 없다는 걸 알았다.

그저 그녀가 부르면 이렇게 찾아와 술 한잔을 같이 기울여주는 것뿐, 그것뿐이 없었다.

'그렇게 많은 삶을 살았지만……'

지금 이럴 때 써먹을 수 있는 지식은 없었다. 인간의 심리적 병을 고치는 방법은 고대 시절에서도 없었기 때문이었다. 조언 정도를 해줄 수는 있지만, 지금 상태에서는 그저 곁에 있어주는 게 최고의 약이었다.

지영이 그런 생각을 하는지도 모른 채 둘은 정말 신나게 떠들었다. 술도 계속 마셨다. 복분자주 여섯 병이 비워질 때쯤 되자 혀가 꼬이고 고개를 꾸벅꾸벅 떨구기 시작했다. 지영은 쯔쯔, 혀를 찬 다음 두 사람을 안아 방으로 옮기고 상을 치우기 시작했다. 지영은 치우면서 생각했다.

당분간, 아마 오늘 같은 그림을 계속 보게 될 것이라고. 그리고 역시 그 예상은 빗나가지 않았다.

*　　　　　*　　　　　*

봄. 완연한 봄을 넘어 이제는 슬슬 여름의 시작으로 계절은 힘차게 달려가고 있었다. 물론 그중에는 지영도 있었다. 지영의 영화 촬영은 이제 후반부, 대망의 하이라이트 신만을 남겨두고 있었다.

북방군을 이끌고 내려온 숙이 제도를 장악, 차례차례 지역을 점령해 나가며 황궁을 압박한다. 황제 순은 도망도 못 가고, 그렇다고 백기를 들지도 못한 채 영혼이 빠져나간 사람처럼 하루하루를 살아간다.

악치원은?

끝까지 발악이다.

그 종류는 정말 셀 수도 없이 많았다.

빌기도 했으며, 역모라고 악을 쓰기도 한다.

대본상 처절함의 끝을 본다고, 작정하고 신은정 작가가 최민석을 극한의 캐릭터로 만들어 버렸다. 마지막 신을 앞두고 이틀간의 휴식을 가지고, 4월의 마지막 날 지영은 다시금 세트장으로 향했다.

촬영장의 분위기는 화기애애했다.

모든 영화 촬영이 힘들지만, 그래도 그중에서 야외, 그중 겨울과 한여름 촬영이 가장 힘들었다. 이유야 당연히 덥고 춥기 때문이었고, 날씨가 정점인 계절에는 배우는 물론 스태프들도 진짜 죽어나간다. 왕야 숙은 철책선이 가까운 엄청 추운 곳에서 근 세 달을 넘게 촬영을 했다. 게다가 작중 분위기 때문에 스케줄도 엄청 타이트하게 짜서 배우들은 물론 스태프들도 정말 죽는 줄 알았다.

하지만 그것도 오늘이 마지막이었다.

제국의 암운이 걷히는 것처럼, 따사로운 봄이 슬슬 찾아오는 시기에 황권이 변하면서, 왕야 숙은 막을 내린다.

즉, 오늘을 끝으로 야외 촬영은 없다는 소리였다.

대기실이 아닌 밖에서 의자에 앉아 대기 중이던 지영은 너무나 환히 웃는 이들을 보며 피식 웃었다.

'그렇게 좋을까?'

그럴 것이다.

넓은 공터에서 세트장을 전부 일일이 지어 촬영을 한만큼 진짜 제작부와 소품, 미술 팀 등이 죽어나갔었고, 오늘이 마지막 촬영인 걸 가장 좋아하는 이들이 바로 그들이었다.

아직 세팅이 끝나지 않아 따사로운 햇살을 받으며 마지막 촬영을 위해 심기일전을 하고 있는 지영에게 김지혜가 다가왔다.

"출장 업체들은 전부 섭외했어요. 이 정도면 될까요?"

김지혜가 보여주는 태블릿 PC로 야외 바비큐, 출장 뷔페의 리스트가 주르륵 떴다. 원래는 김은채가 한턱 쏘겠다고 했지만 이번엔 지영이 고개를 저었다. 작품을 위해 고생한 사람들인 만큼, 이번만큼은 지영이 직접 챙기고 싶었다.

그래서 오랜만에 업체도 직접 찾아보고 싶었다. 물론 이따 촬영을 해야 해서 김지혜에게 리스트를 짜보라고 부탁했다. 지영이 원한 키워드는 절대로 대충 만들지 않는, 재료비를 따지지 않는 업체들이었다.

즉, 최고를 위해서는 엄청난 돈을 투자하는 업체들을 원했다.

맛을 위해서는 최고의 요리사가 반드시 있어야 하지만, 그만큼 동등하게 비슷한 게 재료와, 재료를 아낌없이 사용하는 업체의 영업 정신이 반드시 필요했다. 재료비에서 마진을 남기려고 하면, 당연히 그에 따라 맛은 떨어진다. 지영이 출장 뷔페를 여러 번 시키고, 직접 먹어본 결과 얻은 결론이었다.

"여기 이 두 곳이 좋겠네요."

"네, 그럼 여기 두 곳 예약할게요. 마침 두 곳 다 오늘 스케줄은 비어 있는 걸 확인했어요."

"다행이네요."

"그럼 음료나 주류는 그쪽에 알아서 부탁하고, 여기……."

슬쩍.

화편을 내린 다음 문서 하나를 켰다.

이성준 포착.

제주도 별장 확인.

마타하리, 시크릿 레이디 접촉 요망.

만나기를 원함.

좋았던 기분이 뚝 떨어졌다.

"……."

지영이 말없이 고개를 들어 올려보자 김지혜는 조용히 고개만 끄덕였다. 하아… 골이 갑자기 지끈거렸다. 너무 뜬금없는 타이밍이라 더욱 그랬다. 지영은 잠시 곰곰이 생각에 잠겼다. 이성준의 위치야 이미 부뚜막에 정식 의뢰를 넣었으니, 들어와도 문제가 없는 정보이긴 했다. 하지만 이… 마타하리, 시크릿 레이디 둘은 전혀 이해가 가지 않았다.

그때 제주도에서 찾아왔고, 골 때리게도 회사에서 채가는 도중 헬기에서 도망을 친 전적이 있는 둘이 여태껏 한국에 있었다? 그것만 해도 일단 어이가 없는데 또 왜 갑자기 자신을 찾는 걸까?

지영은 문득 의문이 들었다.

"부뚜막이 이들이 그리 쉽게 접촉할 수 있는 곳이었나요?"

"아니죠. 하지만 공식 라인은 있잖아요."

"공식 라인? 아……."

손가락으로 자신을 가리키는 김지혜를 보며 지영은 고개를 끄덕였다. 공식적으로는 퇴출이지만, 음지에서 양지로 나오는 데 라인 중 하나로 지영을 선택했고, 그 라인의 책임자가 김지혜였다. 그리고 그녀는 지영이 따로 부탁한 일을 이리저리 처리하고 다니니 만약 둘이 지영을 감시하고 있었다면 충분히 김지혜를 의심해 볼만 했다.

“그럼 이들이 저를 왜 찾는지는 알았나요?”

“전화로 연락이 왔기 때문에 직접 만나지 않고는 확인이 힘들어요.”

“음······.”

만나봐야 하나?

지영은 고민에 빠졌다.

지영은 이전에 아주 좋은 선물을 받은 적이 있었다. 물론 정확히는 지영을 지키는 회사에게 준 것이다. 자신들의 의뢰를 거절한 두 사람을 IS가 표적으로 삼자, 그걸 대신 해결해 달라는 의미로 그들에게 이를 갈고 있는 지영을 선택, 회사를 이용한 것이다. 그 결과 정순철 팀장이 직접 휴가를 떠났고, 사막에서 피크닉을 즐기고 돌아오는 걸로 상황이 끝났다. 그게 작년 일이다.

“만나봐야겠네요.”

“제 생각도 같습니다.”

“그래요?”

혼잣말이었는데도 김지혜가 대답을 한 걸 보니, 이거 뭔가 있긴 있구나란 생각이 들었다. 지영이 그런 생각에 빤히 바라보자 주변을 힐끔 봤던 김지혜가 아주 작게, 지영에게만 들릴 정도로 소곤거렸다.

"사막 쪽 움직임이 심상치 않아요."

"……."

지영은 그 말에 눈을 가늘게 떴다.

사막. 이는 당연히 미친 광신도들을 말함이었다.

회사가 정순철을 휴가 보내 비공식 작전으로 지영에게 테러를 계획하던 지부를 소탕했지만, 당연히 그 미친 인간들이 거기서 포기할 리는 없었다. 사실 지영도 그 일로 완전히 끝났다고 생각하지 않았다.

그놈들은 포기를 모르는 놈들이다.

다만, 지금 이재성 대통령이 워낙에 지영의 주변을 단단하게 지키고 있어 엄두를 못 내고 있을 뿐이었다.

정부 일을 하는 것도 아닌데 특급 경호 서비스를 받는 지영이 극히 이례적이긴 한 상태지만 이재성 대통령은 지영의 경호를 철회할 생각이 조금도 없었다. 그래서 아마 그들도 지금 눈치를 보는 중일 것이다.

"아… 귀찮네."

지영의 얼굴에 짜증이 서렸다.

사막은 이성준과는 다른 의미로 위험했다.

수단과 방법을 가리지 않는 것 같지만, 이놈들은 훨씬 더 과격했다. 목적을 이루기 위해서 민간의 희생이 발생하는 것도 개의치 않는 진성 또라이들……. 진짜 미친놈이란 말이 전혀 아깝지… 아니, 부족한 놈들이었다.

모조리 궤멸시키고 싶지만, 이것들도 세계열강의 이해관계에 얽혀있어 그러지도 못하고 있다. 그지 같은 현실이었다.

"어떻게 할까요?"

"음… 약속 잡으세요. 일주일 뒤, 장소는 내가 정한다고 하시고."

"네."

저번처럼 정보를 가지고 있을 수도 있었다. 그 정보가 자신, 혹은 자신 주변에 관한 거라면 위험해도 반드시 접촉해서 얻어야 했다. 물론 그들이 원하는 것도 있겠지만… 그건 받아들일 수 있는 수준이라면, 들어주는 게 나았다. 히트 맨이라는 직업이 걸리지만 자신에 대한 의뢰도 받지 않았고, 그로 인해 표적이 됐었으니 두 사람에게 가지는 지영의 감정은 사실 크게 나쁜 것도 아니었다.

김지혜가 떠나고, 지영은 혼자 생각에 잠겼다.

촬칵, 촬칵.

홍보부에서 나온 지영 담당 카메라맨이 지영이 생각에 잠긴 모습을 기계에 담고 있었지만 지영은 당연히 신경 쓰지 않았다.

'해결은 해야 돼. 이성준도, 미친 광신도들도.'

안 그러면 언제고 뒤통수를 때려도 거하게 때릴, 그로 인해 주변 사람이 다치거나 죽어나갈 것이다. 이는 기정사실에 가까웠다. 임수민이 특별한 방법으로 이성준에게 정신적 금제를 건 것 같지만, 그것 하나만으로는 불안하기도 했다.

'어쩌면 이미 풀었을 수도 있고.'

세월의 흐름, 시간의 지남은 많은 것들을 발전시키고, 그 중에는 당연히 의학도 있다. 치료, 관리만 잘 받으면 80세까지 무난하게 사는 이 시대에 임수민이 옛날 방법으로 걸어놓은 금제가 먹히지 않는 건 어찌 보면 당연한 일이었다. 물론 임수민은 자신만만했지만, 그녀가 틀릴 수도 있었다.

'복잡하네……'

하나는 거대한 세력 그 자체였고, 하나는 거대한 세력의 비호를 받고 있었다. 오성 그룹은 가히 제국에 맞먹는 힘을 가지고 있었다. 대성과 중원의 협력도, 오성을 견제하기 위해서라는 건 알 만한 사람들은 다 아는 이야기였다.

한참을 그렇게 생각에 빠져 있다 보니, 어느덧 촬영 준비가 끝나 있었다. 지영도 그때쯤 자리에서 일어나 준비를 시작했다. 메이크업을 받고, 의상을 갖춰 입은 지영이 다시 밖으로 나와 장소로 다가갔다.

오늘의 상대 배역, 김민재가 씩 웃으며 지영에게 손을 건넸다.

"난 끝나고 바로 가야 하니까, 미리 인사할게. 고생했다."

사람 좋은 미소.

작품 처음에는 지영의 기에 밀리지 않으려고 무던히도 노력
하더니 이제는 그냥 체념하고 지영을 있는 그대로 받아들이
고 있었다. 게다가 최민석처럼 지영의 신은 자신의 스케줄이
빌 때마다 와서 항상 체크했다. 배우려는 의지였다. 지영의 몰
입력, 대사 전달력, 발음, 손짓, 몸짓 하나까지 전부. 지영은 이
런 사람이 롱런한다는 것을 알았다. 자신의 부족함을 아는
사람. 그래서 김민재에게는 나쁜 감정은 없었다.

지영은 내민 손을 가볍게 잡았다.

"선배님도 그동안 고생하셨습니다."

"고생은. 나는 따뜻한 곳에서만 촬영했고, 너는 항상 야외
에서 했는데. 보는데 미안하더라, 야. 하하."

웃는 것도 가식이 없는 순수한 미안함, 민망함으로 인한 웃
음이었다.

"그런 게 어됐나요? 다 같이 힘든 거지."

"그렇게 생각해 주면 고맙고. 다음 작품도 바로 들어가? 솔
얘기가 솔솔 나오던데."

"아마 여름쯤?"

"몇 달 못 쉬겠네. 다작인데, 생각보다?"

"후후, 그래도 인지도는 안 떨어지잖아요. 저는 공백이 있으
니까, 그 기간 동안 믿고 기다려 준 팬들에게 보답하려면 열

심히 찍어야죠."

지영의 말에 그는 다시 어색하게 웃었다.

뼈아픈 아킬레스건.

지영이 자신의 하이재킹 건을 스스로 얘기했기 때문이다.
하지만 지영은 여전히 웃었다.

"다음에 또 같이 작품해요. 괜찮은 시놉 들어오면 제가 선
배님한테 보내도 될까요?"

"그래? 그래주면 고맙지! 하하!"

반색하는 김민재를 보며 지영은 옅게 웃었다. 이런 사람은,
도와줘도 되는 사람이었다. 어떻게 보면 자신의 인기를 등에
업고 성공하는 것처럼 보이겠지만 기회를 주어서 나쁠 건 조
금도 없었다.

"그럼 준비할까요?"

"그래. 마지막, 잘 부탁한다."

"네, 저도 마지막 잘 부탁드립니다."

꾸벅.

지영이 가볍게 인사를 하고 먼저 자리로 갔다. 김민재도 지
영이 움직이자 바로 황좌로 올라갔다. 두 사람이 준비를 하자
곧바로 미술 팀, 제작 팀에서 마지막 신을 위해 준비한 장치를
켰다. 치익!

나무 기둥에 불이 순식간에 옮겨붙었다.

그리곤 실제로 매캐하진 않은 검은 연기가 피어올랐다.

준비가 끝나자 지영은 검을 뽑았다.

진홍.

피가 잔뜩 묻은 검을 쥐고, 눈을 감았다.

지영이 준비를 하자 수척하고, 피곤한 표정을 한 김민재가 비릿한 미소를 지었다. 실제 감정은 아니고 두 사람 다 전 신의 감정을 연결했을 뿐이었다. 두 사람의 감정이 준비가 끝나자, 고요함이 찾아온 세트장으로 한 줄기 외침이 울렸다.

"레디, 액션!"

한 사람은 무정(無情)한 눈빛으로, 한 사람은 매우 지치고, 분하고, 체념한 눈빛으로 서로를 바라봤다.

"……"

"……"

죽여!

한 놈도 살려두지 마라!

굳게 닫힌 대전인데도, 그런 소리가 들려올 정도로 밖은 소란스러웠지만 오직 이곳만은 너무나 고요했다. 숙이 작정하고 황궁을 멸할 작정이었던 탓에 황제의 용상이 자리한 대전마저 불이 붙어 타들어가고 있었다.

분위기는… 최악이었고, 최상이었다.

씨익…….

느릿하고, 힘없이 순의 입가에 미소가 걸렸다.

"이제 만족하느냐……?

씩.

그 말에 비정한 미소가 숙의 입가에 걸렸다.

"무슨 말씀이신지 모르겠습니다."

"이제… 이 자리에 앉을 수 있을 테니 만족하느냐 물었다."

"아직 앉지 않아 잘 모르겠으니, 대답은 피해야겠습니다."

"무엇이 부족했더냐."

불쑥 들어온 순의 질문에 숙은 피식 웃었다.

황제다.

제국의 황제 순.

그런데 그의 질문을 이처럼 조소를 흘리며 받는 건 대단한 불경이다. 아무리 황제의 동생이라 할지라도 말이다. 하지만 지금 그걸 신경 쓰는 사람은 없었다. 숙도, 순도 신경 쓰지 않았다.

"무엇이 불만이셨습니까?"

"……."

"……."

숙의 되물음에 순은 침묵했고, 숙도 여전히 웃는 낯으로 침묵했다. 하지만 두 사람의 눈빛은 전에 없이 차가웠다. 둘 다

질문은 이해했다. 하지만 머리로만 이해했고, 가슴으로는 이해하지 못했다.

순의 질문, 무엇이 부족했냐는 말.

숙은 부족한 게 없었다.

황제의 자리? 욕심내지도 않았다.

황제가 가진 그 어느 무엇 하나, 욕심내지 않았다.

숙이 욕심낸 건, 오직 제국의 백성들의 안위였다. 그 안위에는 당연히 먹고 사는 것도 포함되어 있었다.

숙은 그래야 한다고 선황에게 배웠고, 그것을 위해 자신을 어린 시절부터 갈고닦았다. 그게, 숙이었다.

문제는… 여기서 생겼다.

순은 불만이었다.

그런 동생이, 그 누구보다 뛰어남을 보이는 동생이… 너무나 미웠다. 동생은 영악했다. 자신의 앞에서는 총명함도 잘 보이지 않았다. 순도 그걸 알았다. 자신의 형이, 자신을 미워할까 봐 형 앞에서는 그러지 않는다는 걸.

하지만 그럴수록, 순의 마음은 타들어갔다. 선황 폐하가 승하하던 날, 순에게 동생을 잘해주라는 말을 들었을 때, 반사적으로 고개를 흔들었을 정도였다. 그럼에도 선황 폐하는 웃었다. 반대로 숙에게는 형을 잘 보필하란 말을 했고, 숙은 고개를 끄덕였다.

하지만 두 사람 다 안다.

둘은, 이때부터 이미 틀어졌다는 것을.

그렇게 시간이 흘러, 어느 날이었다.

눈이 오던 날, 아니, 비가 오던 날.

자신을 갈고 닦으라 진언하던 모중산을 내치던 날, 그의 딸, 모낭여를 자신의 것으로 만들던 날, 그날…… 숙이 본인을 드러냈다.

첫 번째 형제의 난이었다.

하지만 결과는 숙의 북방행으로 결정 났다.

순은 웃었다.

그날, 모낭여를 취하며, 미친 듯이 웃었다. 정말 미친놈처럼 낄낄거렸다. 처음이었다. 동생을 이긴 것은. 그때가 처음이었다. 그리고 한동안 그 기분에 취해 있다, 어느 순간 잊어버렸다. 간혹 북방정벌에 대한 보고가 올라왔지만 숙은 거들떠도 안 봤다. 그가 궁금했던 건 하나였다.

숙이 그곳에서 죽었는가, 아직 살아 있는가.

그것만 궁금했고, 언젠가 죽으리라 생각했다.

하지만 북방을 정벌했다.

그 보고가 올라왔을 땐 황당하다 못해 헛웃음이 나올 정도로 어이가 없었다. 그리고 개선했다.

당당하게…….

정말, 너무나 당당하게, 숙은 변해 있었다.

어렸을 적의 숙은 온데간데없고, 북방을 정벌한 대장군만이 있었을 뿐이었다. 그런 숙을 보며, 다시 시작되었다.

지독한 모멸감이…….

그리고 결과는 이렇다.

순이 졌고, 숙이 이겼다.

"원하던 대로 되었으니, 좋겠구나."

"원하지 않았습니다. 그저 형님 폐하가 저를… 이리 만들었을 뿐이지요."

"내가 만들었다?"

"아닙니까?"

"……."

숙은 웃었다.

"저는 어렸을 적, 무던히도 형님 폐하께 얘기했습니다. 제가 돕겠다고. 형님의 치세를 위해 제가 이 한 몸 바치겠다고. 그런데 그랬던 저를 내친 것은 형님 폐하입니다."

"……."

"어디 내치기만 했습니까? 보충하는 족족 죽어나간다는 북방으로 보냈습니다. 그건 저더러 죽으라는 뜻이었지요."

"……."

"그런데 어쩝니까, 제가 워낙에… 강골이라 살아 돌아와 버렸는데.”

“…….”

순은 여전히 침묵했고, 숙은 차갑게 웃고 있었다. 그 미소
는 마치 얼음장 같았다. 등골이 서늘하다 못해, 얼어붙을 것
같았다. 게다가 입은 웃고 있지만, 눈은 조금도 웃고 있지 않
았다. 비정(非情)하다 못해 아예, 무정(無情)한 눈빛이었다.

“그때가 마지막이었습니다. 제가 형님 폐하에게 준, 기회가
말입니다.”

“큭… 웃기는구나……. 감히 누가 누구에게 기회를 준다는
것이냐.”

“제가, 형님 폐하께 주는 기회입니다.”

“크, 크크… 네놈은 언제나 그랬다. 항상! 나를 내려다봤지!
나를 무시했고! 나를 조롱했어! 그 눈빛! 그래! 그 눈빛이다!
네놈은 언제나 그런 감정 없는 눈으로 나를 봤어! 그런 네가
나를 돕는다고? 웃기는 소리다!”

피식.

순의 일갈에 숙은 웃었다.

무시?

그런 적 없었다.

숙은 정말 순을 도우려고 했으니까, 이는 참이다.

“그리 삐뚤어지셨으니 간신 따위의 말에 휘둘리는 겁니다.

제국의 황제가 간신의 아부에 놀아나는 꼴이라니… 선황 폐하께 부끄럽지도 않습니까?"

"이놈……!"

순이 버럭 소리를 질렀지만 숙은 끔쩍도 하지 않았다. 이미 목이 비틀린 닭이 우는 것보다도 힘이 없었기 때문이었다.

"더 이상의 대화는 의미가 없겠습니다. 이리 이성을 잃으셨으니……."

"이놈……."

순은 한번 고함을 지른 걸로, 기력을 죄 소진했는지 고개를 뚝뚝 떨궜다. 숙은 그 모습에 또 피식 웃었다.

"이런 자가 제국을 좀먹고 있었다니……."

"……."

욕이나 다름없는 호칭에 순이 고개를 들었지만, 그는 아무것도 할 수 없었다. 체력이 버텨주지 못했다. 악치원이 준… '약' 때문에 말이다.

"남해로 내려가십시오."

"흐흐… 차라리 죽이지 그러느냐?"

"그건 선황 폐하가 용서하지 않으실 테니, 이 정도로 마무리 지으려 합니다. 개똥밭을 굴러도 저승보단 이승이 낫다잖습니까."

"싫다면?"

"죄를 지어야겠지요. 가만히 내버려 둬도… 곧 죽겠지만, 이 동생은 북방에서 많은 것을 배웠습니다. 그중엔 결코 내키지 않더라도 군령을 어기면 피를 손에 묻혀야 한다는 것도 있습니다."

"그럼 그리하라……. 죄를 짓고… 살아가라."

"제국을 위해서라면……."

후후…….

못할 것도 없지요…….

'그 목, 받아가는 것도 좋겠지…….'

저벅, 저벅.

짧게 읊조린 숙은 피 묻은 진홍을 들고 그대로 순에게 걸어갔다. 이윽고 황좌로 향하는 계단마저 올랐고, 힘없이 축 늘어진 순을 내려다봤다. 불쌍하다. 하지만 숙은 망설이지 않았다. 높게 들어 올린 진홍이, 어느 순간 순의 목으로 뚝 떨어졌다. 잠시 뒤, 기울어지는 순의 몸을 바라보던 숙은 몸을 돌려, 긴 대전을 홀로 걸어 나갔다.

비뚤어지고, 어긋난 형제의 결말은, 비극이었다.

*　　　*　　　*

"컷! 좋아! 아주 좋아! 하하!"

박종찬 감독의 신난 목소리에 지영은 걸음을 멈추고 크게 심호흡을 했다.

"후우……."

과잉 감정을 쏟아낸 건 아닌데, 감정을 컨트롤하느라 꽤나 힘들었다. 이유는 갑자기 불쑥, 진심으로 진홍을 내려치게 만들려고 했던 이건 때문이었다. 그 순간의 통제를 겨우 이겨내고 나자 놈은 다시 잠잠해졌지만 이미 지영은 그 한 번으로 충분히 정신적인 스트레스를 받아야만 했다.

그래서 컷 소리가 울렸는데도 지영의 표정은 별로였다.

"어후, 야. 마지막에 나 진짜 죽는 줄 알았다."

"아, 선배님. 고생하셨습니다."

김민재가 계단을 내려와 목을 매만지며 한 말에 지영은 바로 몸을 돌려 인사를 했다. 그는 웃고 있었지만 눈빛은 잘게 떨리고 있었다. 지영은 속으로 한숨을 내쉬었다. 순간적으로 이건이 튀어나왔다.

그래서 칼을 내려치는 동작을 할 땐, 진심이 담긴 살기를 품고 있었다. 기세 전체에, 그리고 눈빛에도 새파란 살기가 일렁였을 것이다. 그리고 충분히 몰입한 김민재도 그걸 느꼈고. 지영은 다행이라 생각했다. 그가 소리를 지르거나 그러지 않아서.

"고생은 무슨! 후배님도 고생했어. 하하."

억지로 웃은 그가 지영의 어깨를 툭툭 쳐주고 사라져 갔다.
지영은 다시 한숨을 내쉬었다.

왜?

왜지?

왜 갑자기 튀어나왔지?

사람을 죽이는 신은 이전에도 수없이 많았는데? 박종찬 감
독에게 가는 지영은 그걸 생각해 봤다. 그러다 잠시 뒤, 답이
나왔다. 좀 전의 장면은 이건의 최후와 많이 닮아 있었다. 그
래서 아마, 흥분한 것 같았다.

자신과 같은 운명에 처해져야 할 자가 사실 연기일 뿐이라
는 걸 알았기 때문에, 그래서 순간적으로 지영을 뒤흔든 것
같았다. 신을 확인하고, 다행히 재촬영은 없을 것 같아 안도
의 한숨을 쉬며 쉬러 가는데 지영의 의자 옆에 누가 앉아 손
을 흔들고 있었다.

“어? 언제 왔어?”

“아까? 흐흐!”

“그럼 다 봤겠네?”

“응! 역시 내 남자! 굿굿! 흐흐!”

피식.

특유의 저 웃음을 들으니 답답하던 것들이 싹 걷히는 기분
이었다.

“야, 나는 안 보이냐?”

그때 고개를 불쑥 내밀고 김은채가 뚱한 표정으로 말했고, 지영도 같이 뚱한 표정을 지었다.

“보여, 왔냐?”

“인사 꼬라지하고는. 손윗사람한테 너 너무 버릇이 없다?”

“손윗사람은 개뿔… 내 목에 칼이 들어와도 너는 그렇게 대우 안 해준다.”

“치사한 놈.”

“…….”

지영은 순간 끈질긴 년. 이라고 할 뻔하다가 은재가 있어서 겨우 도로 말을 삼켰다. 하지만 김은채는 눈치가 매우 빨랐다.

“너 끈질긴 년이라고 하려 했지?”

“…….”

“와… 은재야 봤지? 쟤 저런 애다. 너 정신 차려!”

“큭큭큭!”

김은채의 말에 은재는 입을 가리고 웃었다. 은재가 웃자 지영도 피식 웃었고, 김은채도 씩 웃었다. 요즘 들어 잘 웃는 두 사람을 보자 기분이 좋아졌다. 지영은 의자를 끌어다가 둘의 앞에 놓고 앉았다.

그리곤 시간을 확인하니 아직 시간 여유가 꽤나 남아 있었다.

“은재는 내가 불렀는데, 넌? 안 바뻐?”

“바쁘지! 근데 내가 술 있는 곳을 놓칠 것 같아?”

“자랑이다.”

“후후, 그리고 동생 가는데 언니도 같이 가는 거지. 앞으로 우린 한 몸이라 생각해.”

은재랑 김은채랑 한 몸?

이 무슨 끔찍한 소리를?

“아서라. 제발 그러지 마. 나 이번 작품 끝나면 은재랑 놀러 다니고 그럴 거니까.”

“허이고, 감히? 날 두고? 너나 꿈 깨. 내가 어디로 가든 귀신 같이 찾아갈 테니까.”

그 말에 지영은 고개를 절레절레 저었다.

한다면 하는 게 김은채이기 때문에, 저 말이 결코 농담처럼 들리지 않았기 때문이다. 지영이 고개를 흔들자 김은채는 지영을 눈을 가늘게 뜨고 흘겨보기 시작했다.

“혹시나 해서 말하는데… 내 눈에 흙이 아니라 염산을 부어도 결혼 전까진 안 된다.”

“그 무슨 쌍팔년도 사고방식이냐?”

“안 되는 건 안 돼……. 나 도는 거 보고 싶지 않으면 얌전히 포기해라. 그리고 유은재 너, 만약 선 넘으면 가만 안 둬!”

“큭큭!”

그런 엄포에도 은재는 웃었다.

“선이 뭔데? 넘으면 어떻게 되는데?”

“다 알면서 그러지 말지?”

“아잉, 언니 순진한 동생은 그런 거 몰라요. 흐흐, 그러니까 언니가 가르쳐 주세요. 네? 선이 뭐예요? 그 선 넘으면 뭐가 있어요?”

“그, 그게⋯⋯.”

갑작스럽게, 정말 답지 않게 당황하는 김은채를 보며 지영은 다시 피식 웃었다. 어차피 서로가 다 장난이다. 두 사람 다 지영의 표정이 별로인 걸 알고는 장난을 쳐주는 것이다. 일종의 배려였다.

‘김은채는 반 넘게가 진심이었겠지만.’

아까 그 말은 결코 농담처럼 들리지 않은 지영이었다. 그렇게 은재의 주도 장난하에 시작된 대화는 한참을 이어졌고, 지영이 마지막 신 준비를 위해 일어섰을 때야 대화가 멈췄다. 즐거웠던 대화였고, 덕분에 지영도 스트레스를 말끔히 털어내고, 말끔히 충전까지 한 상태였다. 해가 살살 지기 시작하는 순간, 촬영장은 다시금 정적에 휩싸였다.

“레디, 액션.”

마지막 신이 시작됐다.

새까만 화염이 온 사방을 장악하고 있었고, 곳곳에서 비명 성이 울려 퍼졌다.

"막아라! 저놈들을 어서 막으란 말이다!"

악치원은 산발이 된 머리와, 찢어지고 그을린 옷을 입은 채 병사들에게 악을 쓰고 있었다. 하지만 그의 명령을 따르는 병 사들은 몇 되지 않았다.

"시불, 그리 살고 싶으면 지가 막으면 될 거 아녀……."

병사 하나가 불만이 가득한 얼굴로 그리 소곤거렸다. 그러 자 악치원의 고개가 휙 돌아갔다.

"누구냐! 누가 지금 입을 열었느냐!"

광기가 일렁이는 악치원의 외침에 소곤거린 병사는 슬그머 니 고개를 돌렸다. 지금 꼬락서니가 저렇다고는 해도 악치원 은 악치원이었다. 간신 귀례가 죽고 나서 얼마 안 있어 벌어졌 던 치열한 권력 다툼의 승리자 악치원 말이다.

황제 순은 눈과 귀가 막혀 있어 알지 못했지만, 그 1년간 제 도에서 흐른 피는 거짓말 조금 보태서 강에 비견될 만했다.

그 중심에 있었던 악치원, 승리자인 악치원은 그래서 공포 의 대명사였다. 지금이야 숙에게 당해 이빨이 빠졌지만, 그래 도 호랑이는 호랑이였다. 그것도 사람을 잡아먹는 식인 호랑 이였다.

"막아라……. 이곳이 뚫리면 네놈들과 나, 모두 죽는 것이다! 숙 그놈은 절대로 너희를 살려두지 않을 것이다!"

악치원의 광기에 찬 말에 병사들은 슬그머니 고개를 돌렸다. 저 악의에 찬 말이 솔직히 공감이 되질 않았다. 병사들이 아는 숙은 이성적인 인간이었다. 적에게만 칼을 휘두를 뿐, 아무런 죄가 없는 병사들까지 모두 죽일 인간이 아니었다. 하지만 악치원의 분위기가 너무나 살벌해 그 같은 의견을 입 밖으로 내는 병사는 아무도 없었다. 그저 마지못해 따를 뿐이었다.

쾅!

콰앙!

굵은 통나무로 걸어놓은 대문이 거칠게 흔들렸다.

"하나둘!"

콰앙!

"하나둘!"

콰앙!

숙에게 동조한 병사들이 성문을 부수는 소리가 요란하게 울렸고, 그럴 때마다 검과 방패를 쥐고 있던 병사들은 뒤로 조금씩 물러났다. 이미 황궁은 숙의 손에 넘어갔다. 발 빠르게 대처하지 못해 악치원의 곁에 남았지만, 자신의 목숨을 걸고 숙의 분노를 막을 생각은 조금도 없었다.

그리고 그런 병사들의 행동은 당연히 악치원의 분노를 샀다.

"뭣들 하느냐! 막아라! 어서 막아! 다 같이 죽고 싶은 것이냐! 막아라! 어서 막아!"

"……."

악치원이 광기에 차 악을 썼지만 당연히 누구도 움직이지 않았다. 오히려 더 빠르게 뒤로 물러날 뿐이었다. 그러자 악치원이 근처에 있던 병사의 검을 빼앗아 마구 휘둘렀다. 광인. 악치원의 행동은 정말 광인의 행동이었다. 병사들은 그런 악치원을 피해 다시 한곳으로 몰렸다. 그러자 악치원의 눈에 다시 불길이 일었다.

콰앙!

으적!

하지만 대문이 부서지는 소리에 악치원은 이를 악물었다. 더 이상 도망갈 곳이 없었다. 이곳은 황궁에서도 가장 뒷부분에 있는 곳이고, 이 뒤는 산이었다. 그리고 그냥 산도 아니고 절벽이라 재주가 없으면 아예 올라갈 수도 없었다. 개구멍? 당연히 이쪽에는 없었다.

"어쩌다가… 크흑!"

자신의 세상이었다.

황제 순마저 손아귀에 쥐고 마음대로 흔들었을 만큼, 제국은 악치원의 세상이었다. 그가 할 수 없는 것은 없었고, 나는 새마저 떨어뜨릴 수 있는 권력을 구가했었다. 스스로 제위에만 오를 수 없었을 뿐, 이 땅 위에선 스스로가 황제요, 신이었다. 그런데 지금 모든 게 무너졌다. 마치 모래성처럼, 주춧돌 하나 남기지 않고 모든 게 불타 버렸다. 이 모든 게…….

"숙……! 이노옴……!"

대장군이자, 왕야인 숙(肅) 때문이었다.

콰앙!

쩌저적!

결국 대문이 부서졌다.

뚝, 뚜둑.

대문이 열리는 순간 빗방울이 떨어지기 시작했다. 소란스럽게 올라오던 먼지가 비에 맞아 다시금 얌전히 바닥으로 향했다. 문은 부서졌지만, 누구도 들어오지 않았다. 첨예한 대립? 그건 아니었다.

마치 누군가를 기다리는 것 같은 모양새였다.

잠시 뒤, 이 모든 일의 시작인 숙이 천천히 안으로 들어섰다.

푸른 전포.

질끈 묶은 머리.

불그스름한 검.

“……”

“……”

무표정한 얼굴로 안으로 들어선 숙은 천천히 주변을 훑어봤다. 바짝 질린 병사들은 더더욱 벽으로 밀착했다. 숙은 그런 병사들을 가만히 보더니, 한마디를 내던졌다.

“버려라. 지금 버리면 살려주겠다.”

“……”

숙의 무감정한 말에 병사들은 잠시 허둥대다가, 얼른 무기를 버리고 손을 들었다. 악치원은 그런 병사들을 죽일 듯이 노려봤지만 이미 주변에 그를 지켜줄 사람은 아무도 없었다. 병사들이 투항하자 숙의 시선이 악치원에게 향했다.

이를 갈며 자신을 바라보고 있는 악치원을 향해 숙은 조용히 웃었다.

섬뜩했다.

무정하면서도, 그 안에 칼날이 들어간 것처럼 섬뜩한 느낌이었다. 그런 숙의 미소에 악치원은 조금도 위축되지 않았다. 어차피 이제… 마지막이었다. 그는 자신의 운명을 예감하고 있었다.

숙.

이 인간은 자신을 절대 살려두지 않을 것이다.

그러니 마지막 이 순간에 그가 겁먹을 이유는 하나도 없었다.

"순 황제는 어찌하셨습니까?"

허나, 마지막 끈은 놓지 않았다.

툭하고 던진 말에 숙은 무정하게 대답했다.

"죽였다."

"인륜을 어기고 천륜마저 버렸으니……. 이제 제국 역사에 가장 비정한 황제로 기억되시겠습니다……. 크흐흐!"

"만백성의 안위를 위해서라면, 비정한 황제가 무에 대수겠느냐."

"어찌… 백성만 생각하십니까! 이 제국에! 여기 있는 우리도! 우리도 백성입니다!"

"아니, 틀렸다. 제국의 녹을 먹는 너희들은 백성의 노예다."

"어찌 그 천한 것들의 노예라 하십니까!"

악치원은, 악을 썼다.

다르다. 틀렸다. 저 말을 악치원은 인정할 수 없었다.

태생이 다르다.

흙바닥에서 태어난 저들과, 비단에서 태어난 자신은 태생부터 달랐다. 악치원은 그리 생각했다.

"그래야만 한다. 그게 제국의 기치다. 제국이 존재하는 이유고, 제국의 백성이 제국에 세를 내는 이유다. 초대 황제께서 그리 정하셨고, 선황 폐하까지 그 기치는 지켜졌다."

“……..”

“간신 귀례, 그리고 네놈만 없었으면 앞으로도 지켜질 기치였다.”

“호호호……..”

악치원은 웃었다.

틀렸다.

숙은 틀렸다.

제국의 백성은, 제국을 움직이는 자신들을 위해 존재하는 일개미들이었다. 악치원은 그리 생각했다.

“그래서 고작 그런 이유 때문에… 형제를 죽였습니까? 참 대단하십니다 그려……. 큭큭큭!”

“제국의 기치를 뒤흔드는 악적을 지켜볼 수 없었을 뿐.”

숙은 악치원의 조롱에도 흔들림이 없었다.

오히려 점점 더 눈빛이 무정해져 갔다. 일말의 감정도 담기지 않은 서늘한 눈빛에 악치원은 더욱 더 크게 웃었다. 하지만 그것도 잠시, 숙의 입술이 열리자 웃음은 멈췄다.

“악치원아.”

“……..”

“이 모든 사달이 나 때문이라 생각하느냐?”

“그럼 아니십니까? 크크크!”

“네놈이 나를 자극하지 않았으면 나는 조용히 북방을 지켰을 것이다. 하지만 돌아온 나를 보며 네놈은 위기를 느꼈다. 그래서 나를 자극했다. 최선의 방법은 다시 북방으로 돌려보 내는 것이었다. 그럼 나는 북방을 지키는 게 제국을 지키는 것이라 생각하며 평생을 그곳에서 움직이지 않았을 것이다. 하지만. 넌 그러지 않았다. 초조해졌지. 그래서 나를 죽이고 싶어 했다. 그리고 실제로 움직였다. 나를 죽이기 위해서.”

“그때 죽지 그러셨습니까……?”

“네놈 능력이 하도 보잘것없어, 내가 죽을 수가 없더구나. 너 때문에 신음할 제국의 백성들을 외면할 수도 없고 말이다. 그리고 분명 경고했었다. 내 칼이 부디, 북방이 아닌 제도를 향하지 않게 해달라고. 그건 부탁이자, 경고였으며, 협박이었 다.”

“감히… 제국의 황제를 겁박하지 않았습니까!”

“그래, 그랬지. 하지만 그때 말을 들었으면 이런 일이 벌어졌 을 것 같으냐?”

“변명입니다!”

“후후, 상관없지 않느냐? 내 분명 얘기했었다. 백성을 위해 서라면 무슨 짓이든 하겠다고.”

“그저 제위 찬탈을 위해 백성들을 핑곗거리로 쓰는 것입니 다!”

“말했지 않느냐. 상관없다고.”

"···으아아!"

악치원은, 다시 악을 썼다.

숙의 논리와 자신의 논리는 확실하게 부딪쳤다. 하지만 숙은 그걸 바꿀 의향이 조금도 없었다.

"그래서··· 제국을 위해 평생을 일한 저까지 죽이실겁니까?"

피식.

그 말에 숙은 처음으로 감정을 내보이며 웃었다.

"제국을 위했다니, 그런 말로 나를 흔들 수 있을 것이라 보느냐?"

"흐흐··· 그럴 리가 있겠습니까. 친형도 죽이는 비정한 분께서 말입니다······."

"그래, 너는 죽는다."

"······."

"세 치 혀를 아무리 놀려도, 너는 죽는다."

"으히! 좋습니다! 죽이십시오! 제국을 위해 한평생 봉사한 이 악치원이를! 어서! 어서! 죽이십시오! 으히히!"

악치원은 정신이 나간 사람처럼 웃어댔다.

빗소리에 섞인 악치원의 웃음은 듣는 것 자체로 소름이 돋았다. 모든 것을 잃었다고 생각하는 자의 한이 서려 있었기 때문에 더욱 더 소름이 끼쳤다.

스르릉.

그럼 악치원의 웃음을 보며, 숙은 검을 뽑았다.

어차피 길게 말하는 성격은 아니었다.

오히려 그 반대였다.

저벅, 저벅.

숙이 걸어가자 악치원은 더욱 더 크게 웃었다. 나중에는 양 팔까지 뻗은 채, 숙을 환영하는 자세를 취했다. 하지만 숙은 그래도 걸음을 멈추지 않았다. 지척까지 도착한 숙은 천천히 진홍을 들어 올렸다.

휘릭.

서걱.

숙의 검이 악치원의 목을 치고 지나갔다.

"크히……."

툭, 데구르르…….

푸확!

악치원의 목이 미끄러지듯 밀려나더니, 그대로 바닥에 뚝 떨어졌다. 간신 귀례의 뒤를 이어 순의 신임을 얻고, 제국을 재 마음대로 주물렀던 이의 최후치고는 지나치고 초라했다. 그리고 누구도 그의 죽음을 슬퍼하지 않았다.

쏴아…….

빗소리는 조금 더 격렬해졌다.

숙은 어둠이 잔뜩 낀 하늘을 올려다봤다.

"좋구나."

숙은 이 소나기를, 제국의 어둠을 걷어내는 정화의 비라 생각했다. 잠시 하늘을 올려다보던 숙은 이내 진홍을 거두고, 신형을 돌렸다.

*　　　*　　　*

"컷!"

박종찬 감독의 컷 사인에 지영은 걸음을 멈췄다.

"후우……."

끝났다.

마지막 신이 이렇게 끝났다.

바닥에 엎어져 있던 최민석이 자리에 털썩 앉아 지영을 향해 말했다.

"고생했다."

"고생하셨습니다, 선배님."

"……."

마지막에 광인 연기를 하며 진이 빠졌는지, 최민석은 지영의 인사를 고개만 끄덕여 받았다. 지영도 바닥에 털썩 앉았다. 이미 소방 호수로 뿌리던 비는 그쳤지만, 바닥은 여전히 흥건했음에도 다리가 후들거려 서 있을 수가 없었다.

최민석은 대단했다.

광인처럼 내뿜던 독기를 정면으로 마주했고, 그걸 흘리며 연기를 이어갔다. 마지막 신은 아무런 감정도 내뿜지 않는, 무정 그 자체였기 때문에 감정을 통제하는 것도 힘들었다.

"선배님! 수고하셨습니다!"

마지막 날은 신이 없음에도 와서 보고 있던 이수진이 쪼르르 달려와 최민석, 그리고 지영에게 인사를 했다. 신을 확인하지는 않았지만 다들 알고 있었다. 이번 신은, 다시 찍어도 이이상 완벽할 수는 없음을.

짝짝짝.

고생한 배우들에게 스태프들이 한마음 한뜻으로 박수를 쳐 줬다. 지영은 그 박수 소리에 자리에서 일어나 일일이 인사를 했다.

"자자! 중요한 장비만 챙기고 다들 회식 준비합시다! 오늘은 지영 씨가 쏜다니까 마음 놓고 먹으세요!"

"와!"

스태프들이 분주하게 움직이며 중요한 장비만 챙기고, 공간을 만들기 시작했다. 지영은 그 광경을 보다가 바로 대기실로 향했다. 메이크업을 지우고, 의상을 갈아입고 나오자 은재와 김은채가 기다리고 있었다.

"고생했어."

“응, 고마워.”

은재의 미소를 보자 정신적 피로감이 조금은 풀리는 것 같았다.

“흥, 안 고생했어.”

“그래, 안 고마워.”

“칫.”

김은채의 장난도 기분 좋게 느껴질 정도였다. 잠깐 애기를 나누던 셋은 미리 와서 대기 중이던 외식 업체 직원들과 스태프들이 분주히 움직이는 공간으로 스며들었다. 공식적인 촬영은 오늘로 끝났고, 잠시 뒤 즐거운 뒤풀이가 시작됐다.

Chapter88
휴식기

　마지막 촬영을 끝낸 지영의 하루는 백수나 다름없었다. 보통 작품이 끝나면 몇 달을 쉬는 다른 배우들과 크게 다르지 않았다. 그날 회식이 끝난 후, 집에 온 지영은 거의 15시간 이상을 잤고, 일어나서 밥을 챙겨 먹고 또 잤다.

　하루.

　하루를 그냥 자는 데 썼다.

　이틀째는 좀 움직였지만 그래도 첫날과 비교해 그리 큰 차이가 나진 않았다. 여전히 쉬는 데 중점을 뒀다. 막판에 바닥 난 정신력은 삼 일, 사 일을 쉬고 나서야 좀 회복이 됐다. 그래도 여전히 지영의 하루 일과는 단조로웠다.

운동, 휴식, 운동, 휴식.

일주일을 쉰 후 사무실에 나온 지영은 또 산처럼 쌓여 있는 대본을 하나씩 읽기 시작했다. 이미 다음 작품은 '솔'로 결정했지만 시나리오를 읽는 것은 시나리오를 집필한 작가들에 대한 최소한의 예의였다. 사무실도 휴가라 혼자 여유롭게 대본을 보던 지영은 '간첩'이란 제목의 스파이물 대본을 보다 문득 전에 김지혜가 했던 말이 떠올랐다.

"아, 맞다……."

시크릿 레이디와 마타하리.

무슨 일이 있는지 두 사람은 지영을 보길 원했다. 지영은 대본을 내려놓고 시간을 확인했다. 오후 세시가 막 넘어가는 시간이었고, 지영은 고민에 빠졌다. 늦은 시간은 아니었다. 하지만 오늘은 하루 종일 대본만 볼 생각이었던지라 좀 꺼려졌다. 하지만 그렇다고 언제까지 미룰 수도 없는 일… 지영은 결국 폰을 들어 김지혜에게 전화를 걸었다.

—네.

"저번에 그 두 사람이요. 이후 또 연락 온 적 있나요?"

—없었습니다.

"그럼 연락할 방법은 있어요?"

—네, 따로 연락처를 받은 게 있습니다.

지영은 스케줄 표를 확인했다. 공식 스케줄이 하나도 없는 걸 확인한 지영은 적당히 날을 잡았다.

"그럼 이틀 뒤, 여기 사무실에서 보는 걸로 해줘요."

―네, 알겠습니다.

전화를 끊은 지영은 다시 이어서 정순철에게 전화를 걸었고, 상황을 설명했다. 인터폴에 수배된 히트 맨들이라 말해놓는 게 좋았다. 지영의 설명을 다 들은 정순철은 고민했다.

―괜찮겠습니까? 딴마음을 품었으면 정말 위험합니다.

"진짜 위험했으면 이렇게 연락도 안 했겠죠."

―어쩌면 의뢰를 다시 받아들였을 수도 있습니다.

음…….

그래, 그럴 가능성도 없잖아 있었다.

지영의 목에 천문학적인 금액을 제시했고, 그 금액에 혹해 의뢰를 수락한 시크릿 레이디, 마타하리가 예전의 인연을 이용해 접근하려는 거라면? 충분히 가능성이 있었다. 하지만 지영은 아닐 거라고 봤다.

"솔직히 말해주세요. 두 사람 위치는 알고 있죠?"

―…네, 파악해 뒀습니다.

역시…….

국내에서는 부뚜막만큼이나 정보력이 좋은 '회사'에서 아무리 그때 놓쳤다지만 지금까지 위치를 파악하지 못했을 리가 없었다.

"저한테 접근하려는 의도도 대충은 알죠?"

─그건 현재 파악 중입니다.

"나쁜 쪽인가요?"

─그것도 아직… 파악 중입니다.

"흠……."

정순철이 뭔가를 숨기고 있는 것 같지만, 지영에게 얘기를 안 해줄 정도면 정말 확실치 않거나, 아니면 말해줄 수 '없는' 것일 수도 있었다. 그렇다면 오히려 억지로 알아내는 게 더 피곤하고, 도움이 안 되는 일이라 생각한 지영은 알겠다고 대답하곤, 전화를 끊었다. 그리곤 생각에 잠겼다.

이런 종류의 접선은 어차피 미룬다고 해서 피할 수 있는 게 아니었다. 악의를 품었다면 정말 곤란하지만, 그때처럼 다른 정보를 가지고 있다면 만나는 게 상책이었다.

'그 정보가 나, 혹은 내 주변에 대한 테러 계획일 수도 있으니까…….'

지영이 만나려는 이유도 거기에 있었다.

만약 테러 정보면 백만금을 줘서라도 반드시 사야했다. 송지원 사건 이후로 자신 주변에 대한 테러에 훨씬 더 예민해져 있는 지영이었다.

지잉.

[사무실, 여섯시.]

약속을 잡았다는 김지혜의 메시지를 보고 지영은 그냥 보는 걸로 마음먹었다. 마음을 정하자 속이 편해진 지영은 1시간 정도 대본을 더 보다가 집으로 돌아갔다. 이틀은 순식간에 지나갔다.

임미정의 전담이던 여성 요원이 또 사무실을 찾아와 가드를 섰다. 성수정. 지영이 직접 만든 유파를 계승하는 요원이라 여성의 몸이지만, 지영은 믿을 만하다 생각했다. 그런 믿음직한 성수정이 감청 장비를 이용해 사무실을 싹 조사하곤 지영에게 다가왔다.

"깨끗합니다."

"수고하셨어요. 시간 있으니까 좀 쉬세요."

"아닙니다, 괜찮습니다."

성수정은 조용히 문 옆으로 가서 섰다.

"하아."

융통성 없는 모습은 좀 답답했다.

앉아서 잠시 기다리자 귀에 차고 있던 이어폰으로 정순철의 목소리가 들렸다.

—두 사람 지금 들어갑니다. 무장해제했으니 안심해도 될 겁니다.

"네, 올려 보내주세요."

후우.

심호흡을 몇 번 하고 잠시 기다리자 늘씬한 서구형 미녀 두 사람이 들어왔다.

"오랜만이네요? 반가워요."

"네, 반갑습니다."

가볍게 인사를 하고 두 사람이 소파에 앉자 대기하고 있던 다른 요원이 차를 타 왔다. 둘은 별로 의심을 안 하는지 거침없이 차를 마셨다.

쨍.

잔을 내려놓은 좀 더 활달한 성격의 시크릿 레이디가 말문을 열었다.

"한국은 정말 작은 나라인데, 인재는 항상 넘쳐나네요."

그리곤 시선을 성수정에게 돌렸다.

지영은 그 말에 눈을 동그랗게 떴다. 서 있는 것만으로도 성수정의 실력을 확인한 것 같았다. 솔직히 지금 성수정은 차분하게 마음을 다스려 놓은 상태라 특별한 기도도 흘리고 있지 않았다. 그런데도 알아봤다는 건 일신상 수준이 꽤나 높아야 한다는 뜻이었다. 지영은 좀 더 긴장하기로 했다.

'최소 성수정급이라는 얘기니까……. 잘못하면 한 방에 갈 수도 있겠는데?'

물론, 느낌상으로는 그런 일이 벌어질 것 같진 않았다.

“…….”

잠시 침묵이 벌어졌다. 서로가 서로를 탐색하고 있었다.

지영은 이 둘이 작년보다 훨씬 더 실력이 늘었다는 것을 알 수 있었다. 어깨선이 더 넓어졌고, 팔다리도 전체적으로 더 단단해졌다.

‘살기 위한 노력.’

지영도 저런 시절이 있었었다.

어떤 상황에서도 최선의 대처를 할 수 있는 육체를 만들었던 때가 말이다. 솔직히 지금도 그러고 있다 해도 과언이 아니었다. 10분쯤 흐르자 지영은 슬슬 본론으로 들어가야겠다고 생각했다.

“보자고 한 이유는?”

“그냥 사인 받으려고 보자고 했다고 하면… 안 믿을 거죠?”

“그렇습니까? 사인해 줄 테니 바로 갈래요?”

“후후, 농담이에요. 이전보다 여유를 찾은 것 같아서 농담 한번 해봤는데, 반응이 너무 별로네요.”

“이런 농담은 즐기지 않으니까요. 길게 끌지 말고 본론으로 들어가죠.”

“그래요. 그러도록 해요. 자, 이거.”

시계를 열어서 작은 칩 하나를 건넸고, 성수정 말고 대기 중이던 요원이 하얀 장갑을 끼고 조심스럽게 그 칩을 가지고 나갔다. 요원이 나가는 모습을 확인한 지영이 물었다.

"저게 뭐죠?"

"저번과 비슷해요. 새롭게 창설된 아이에스의 정보."

"흠……."

역시…….

그 미친 인간들 건이었다.

"물론 그게 끝은 아니에요. 그들이 자신들의 세력을 홍보할 목적으로 전대의 표적이었던 당신과 나에 대한 테러 계획도 담겨 있어요."

"그래서 이번에도 나를 이용하는 겁니까?"

"그게 서로에게 좋으니까요."

둘은 광신도들을 피해 양지로 튀어 올라왔다. 그런데 재차 그 계획이 가동되고 있음을 알았고, 얼른 정보를 모아 지영에게 던졌다. 솔직히 말하자면 이는 지영에게도 좋은 일이었다.

"원하는 건 뭡니까?"

"그건… 밖에서 당신을 지키는 이들의 리더에게 있어요."

"정순철 팀장에게? 당신들……."

지영은 이들이 뭘 원하는지 알 것 같았다.

돈?

레드 등급의 수배범이니 돈이야 이미 엄청 쌓았을 것이다. 하지만 그 돈이 그녀들의 안전을 책임져 주진 않았다. 요즘 같은 세상은 세상 끝으로 가서 숨어도 발각이 된다. 그렇다고 아무도 안 사는 무인도로 들어갈 수도 없는 노릇이니, 확실한 방패를 가지길 원했고, 다른 곳으로 가면 곧바로 체포니 협상의 여지가 있는 지영을 찾아왔다.

물론 이 상황 자체를 인터폴에서 그냥 볼 리가 없으니 그녀들이 원한다고 바로 되는 건 아닐 것이다.

오늘 자리의 안전은 정순철이 자신의 목을 걸고 장담했으니, 돌아가는 거야 문제가 안 된다. 하지만 협상이 제대로 이루어지지 않을 경우, 그녀들은 여전히 쫓기게 된다.

"그래서 미스터 강, 당신도 힘을 써줬으면 좋겠어."

여태 조용하던 여인, 코드명 마타하리의 말에 지영은 가만히 그녀를 바라봤다.

"히트 맨을 어떻게 믿지?"

"대중은 당신을 믿잖아. 우리와 비슷한 삶을 살았던 당신을."

"……"

지영의 눈빛이 착 가라앉아 갔다.

시리아와 유럽, 미국에서의 일을 말하는 것이다.

아무런 증거도 남기지 않았지만 심증이야 각국 정보국에서 이미 다들 가지고 있을 것이다. 이 둘은 자신에 대한 조사도 충분히 했을 것이다. 이성준도 진실까지 접근했던 정보를 아예 이쪽 세상 주민은 두 사람이 못 찾았을 리도 없었다.

“붉은 눈의 사신.”

“그 얘긴 별로 안 하는 게 좋을 텐데?”

“당신에게서는 냄새가 나. 향기, 눈빛에서 아주 진하게.”

“무슨 냄새지?”

“살인자의 냄새. 우리랑 같은.”

“…….”

피식.

자신이 알아보는 것처럼, 그녀들도 지영을 알아봤다. 부정할까? 잠깐 고민하던 지영은 고개를 저었다. 이건 부정한다고 해서 부정되는 게 아니었다. 조용한 코드명 마타하리. 아마도 특별한 감각을 가진 것 같았다.

육감.

보통 식스센스라 부르는 것.

유독 감각이 예민한 사람들이 있다. 실제 지영의 주변에도 몇 명 있었다.

‘김은채, 은재, 내가 그렇지.’

셋은 감각이 비이상적으로 좋았다.

얼마 전에 들었는데, 김은채가 술을 그렇게 좋아하는 이유는 어릴 적 납치가 가장 큰 지분을 차지하지만 그 외에 다른 이유도 있었다. 바로 남들보다 예민한 감각이었다. 소리, 촉감, 미각, 향기 등등을 훨씬 더 자세하게 받아들여 일상이 힘들다고 술 먹고 하소연을 했었다. 그래서 알코올의 힘으로 감각을 무디게 만드는 것이다. 그런 김은채와 눈앞의 마타하리는 동족이었고, 그래서 지영을 알아보고 있었다.

겉모습 말고, 내면에 잠든 것까지 이미 파악이 끝난 것 같았다.

"좋아. 어떻게 도와줄까?"

"우리가 원하는 것, 그게 받아들여지게 힘을 보태줘."

조금은 어눌한 어투. 하지만 듣기에는 무리가 없는 한국말에 지영은 고개를 끄덕였다. 일단 뭘 원하는지야 나중에 정순철에게 더 자세히 들으면 된다. 그때 들어보고, 불가능한 조건이면 거절을, 가능하면 좀 도와주라고 말해주면 된다.

게다가 이미 정보까지 얻었다.

그 정보가 만약 사실이라면, 지영은 큰 사고를 미리 예방할 수 있게 된다. 그것만 해도 충분히 이 둘에게는 은을 입었다.

지영은 은과 원에 대해서는 아주 확실하게 계산하는 편이었다.

"내가 더 들어줘야 할 건?"

"그… 정도면 됐어."

지영은 말없이 고개를 끄덕였다.

깔끔한 게 마음에 들었다.

"담배 한 대 피고 가도 되겠죠?"

“…….”

시크릿 레이디의 말에 지영은 당연히 고개를 끄덕였다. 마침 지영도 담배가 당기던 참이었다. 두 사람은 지영에게 손을 쭉 뻗었다.

“올라오면서 다 뺏겨서요. 좀 나눠 주시겠어요?”

“한국 사람 다 됐네? 보통 달라고 잘 안 할 텐데.”

“후후, 파리에 가면 파리의 법을 따라야 하는 거잖아요?”

피식.

저런 말까지 할 정도면 한국에 대한 공부도 엄청 했다는 걸 알 수 있었다. 담배 두 개와 라이터를 건네줬다.

치익.

“후우…….”

막 라이터를 돌려받아 담배에 불을 붙이는 참이었다.

—지영 씨? 인터폴에서 오늘 일을 알아차린 것 같습니다.

“하아…….”

빠르기도 하다.

담배 연기를 내뿜던 지영의 인상이 절로 찡그려졌다.

인터폴(Interpol).

모두에게 익숙한 이 기관은 국제 형사 기구다. 국제범죄를 담당하는 이 기관은 영화의 단골 소재로 쓰이기도 하고, 부패의 대명사로는 CIA(Central Intelligence Agency, 미 대통령 직속

정보기관)와 버금가는 곳이기도 하다. 그런 인터폴에서 냄새를
맡았다는 건 지영에게도 꽤나 골치 아픈 일이었다.

찡그렸던 인상을 편 지영은 천천히 신형을 돌려 두 히트 맨
을 바라봤다.

"팀장님, 더 정확하게요."

―지금 이쪽으로 이동 중인 것 같습니다. 아무래도 지영 씨
와 이번 일을 또 엮어보려는 심산 같습니다.

"거기도 참 끈질기네요. 팀장님 상부 방침은요?"

―피하는 게 좋겠습니다.

"흠……."

냄새를 맡고 움직였다면 분명 이곳으로 오고 있을 것이니,
지영이 피하는 건 능사가 아니었다.

"남은 시간은요?"

―이십 분에서, 삼십 분 정도 걸릴 것 같습니다.

"시간이 좀 있긴 하네요. 오는 길에 예쁘게 작업 좀 쳐주세요."

―그런 거야 또 저희 전문이죠. 알겠습니다. 그럼 두 사람과
빨리 대화 마무리하고 피하라고 전해주십시오.

"네, 맞다. 정보료는 팀장님께 맡길 생각 같습니다."

―저희한테요?

"네, 아마 따로 저를 통해서나 알아서 팀장님한테 연락이
갈 것 같습니다."

—음… 네, 그럼 그렇게 알고 있겠습니다.

"그럼 부탁드립니다. 실시간으로 위치 좀 잡아주시고요."

—네.

통신을 끝낸 지영은 다시 소파에 앉았다. 담배를 비벼 끈 지영은 둘을 보며 말했다.

"대화 내용은 들었죠?"

"네, 역시 그 친구들이 냄새는 기가 막히게 맡네요."

"그러게요. 하도 빨리 맡아서 순간적으로 의심할 뻔했습니다."

"후후, 우리가 사람 죽이는 일을 업으로 삼은 이면의 세계의 주민이지만, 이 바닥에도 신용이라는 게 있어요."

"그야……."

지영도 잘 아는 얘기였다.

그쪽 세계는, 특히 프리로 뛰는 선수들이라면 신용은 필수였다. 신용이 좋지 않으면 브로커를 통해 의뢰 자체가 가지 않기 때문이었다.

치이익.

"후우……."

느긋한 자세, 두 사람은 꽤나 여유로웠다.

지영은 이들의 자신감에 이유가 있다고 봤다. 가만히 봐도 인터폴 정도는 아래로 보는 걸로 보이는데, 그건 일신상의 실력 문제였다.

게다가 여긴 서울…….

인구 밀집도가 세계에서도 알아주는 곳이라 작정하고 움직이면 이 두 사람을 잡는 건 정말 하늘의 별따기일 것이다. 게다가 회사까지 아마 지원을 해줄 거고, 탈출 루트도 이미 충분히 준비해 놨을 것이다. 그것도 이중, 삼중으로 말이다. 지영은 그리 걱정하지 않기로 했다.

"밑에 있는 팀장님이랑 얘기는 물 건너갔고, 원하는 게 있으면 지금 얘기해요. 나중에 따로 연락해도 되지만 어째 그건 더 빌미를 주는 게 될 것 같은데?"

"후후, 요구 조건은 나중에 얘기할게요. 애초에 정보를 검증할 시간도 필요할 테니까."

"……."

아, 그건 생각 못 했다.

지영은 순순히 고개를 끄덕이자 두 사람은 나란히 담배를 끄고 자리에서 일어났다.

"이제 슬슬 가야 할 시간이네요. 이따가 우리 때문에 고생 좀 할 텐데, 그건 좀 미안하게 생각해요."

"정보만 확실하다면 그 정도 수고쯤이야 백 번, 천 번이라도 할 수 있습니다."

"후후, 믿음직한 남자네요. 이런 남자를 잡은 은재 양이 부럽네요."

비꼬는 게 아닌 솔직 담백한 말이었다.

그리고 그게 마지막 인사였다.

둘은 바로 문을 통해 밖으로 나갔다. 아니, 나가려다가 성수정 앞에서 잠깐 멈춰 섰다.

"우리 언제 한번 만나죠?"

"……."

힐끔, 그 말에 곁눈질로 시크릿 레이디를 잠시 봤던 성수정은 다시 무심하게 고개를 돌렸다. 톡톡, 그러자 어깨를 가볍게 두드린 그녀는 바로 밖으로 나갔다. 두 사람이 나가고 나자 사무실 분위기가 정상으로 돌아왔다.

지영은 소파에 등을 깊게 묻었다.

생각할 시간이 필요했다.

첫 번째, 어떻게 인터폴은 오늘 접선을 귀신같이 알아냈을까? 그들의 정보력이야 세계에서도 순위권에 드니 그렇다 쳐도, 한 시간도 안 되어 알려졌다는 건 사실상 말이 되지 않았다. 물론, 가능성이 아예 없는 건 아니었다.

'미리 주시하고 있었다면 이야기가 또 다르지.'

그럼 그렇다고 쳐보자.

두 번째, 왜 그들은 이 순간까지 기다렸을까? 이미 주시하고 있었지만, 두 사람의 위치는 파악하지 못해서? 지영은 그럴 가능성은 떨어진다고 봤다. 애초에 순서가 잘못됐다. 그 둘이 한국으로 들어왔고, 지영에게 볼일이 있다는 걸 알았기 때문에 기다리고 있었다고 봐야 순서가 맞았다.

그렇기 때문에 기다린 거고, 지금 덮치려고 하는 거다.

지영을 엮으려고.

그렇다면 역시 왜 지영을 엮으려는 걸까 하는 의문으로 다시 이어진다.

"아직도 잊지 못했나……."

치욕.

미국은 지영에게 몇 번이나 치욕을 당했다. 이탈리아 대사관에서 한 번, 한국에 찾아와서 한 번, 그리고 지영이 대놓고 언론에서 터뜨린 것까지 합치면 못해도 세 번은 넘는다.

피식.

괜히 웃음이 나왔다.

지영이 생각하는 동안 시간은 잘도 흘렀다. 원래 예상했던 시간에서 30분 정도가 흐르고 나서야 인터폴 인원 셋이 지영의 사무실 문을 열었다. 셋은 아무런 인사도 없이 바로 다가와 지영의 앞에 앉았다.

피식.

"진짜 예의라고는… 눈곱만큼도 없네."

매너까지는 바라지도 않았다. 하지만 최소한의 예의는 갖췄어야 했다. 지영은 이런 인간들에게는 절대로 예의를 차리지 않는 편이었다.

"미스터 강?"

"그건 앉기 전에 물었어야 했고."

"미스터 강이 맞소?"

"티브이 안 봐?"

지영의 되물음에 가운데 있던 독사눈의 백인이 씩 웃었다. 지영은 그 미소와 눈빛에 깃든 악의를 아주 정확하게 캐치했다. 지영은 이 상황을 알 수 있을 것 같았다.

'건수가 필요하구나……?'

보통 자신을 이렇게 악의 깃든 눈으로 바라보는 인간 치고 정의로운 인간은 하나도 없었다.

"시크릿 레이디, 마타하리. 이 두 사람 만났지?"

"그게 누군데? 네이밍 센스 하고는. 쯔쯔."

"당신이 좀 전에 만난 여자들. 그 둘 인터폴에 적색 등급에 올라간 사람들인 건 알고 있나?"

"몰라. 당신들 수배 등급까지 내가 알고 있어야 하나?"

지영의 대답에 독사눈이 다시 씩 웃었다.

누런 이에서 악취가 나는 것 같았다. 마치 먹이를 노리는 뱀 같은 눈빛. 이자는 지영을 확실하게 먹이로 생각하고 있었다. 그래, 솔직히 말해 좀 전에 만난 사람들은 범죄자다. 그건 부정할 수 없는 사실이란 걸 지영 본인도 알았다.

하지만, 둘은 지영에게 도움이 되는 존재였다. 그것도 지영이 가장 중요하게 생각하는 나, 그리고 나의 주변 사람들의 안전에 지대한 영향을 끼치는 정보를 줬다. 그럼 톡 까놓고 말해서 그 둘은 지영에겐 '선'에 가까웠다.

곁에 둬도 문제가 안 될 인간들이란 소리였다.

지영의 성향이 선도, 악도 아닌 중립이라 자신을 가장 먼저 생각하기 때문에 나오는 생각이었다. 물론 그런 전적이 있는 이들과의 만남 자체가 사회적으로 비난받을 수도 있다는 것 정도는 충분히 인지하고 있었다.

하지만, 그뿐이었다.

그 정도 기사 나가는 거야 솔직히 이제는 이빨도 나지 않은 생후 1개월 된 강아지가 무는 것보다도 간지러웠다.

"굉장히 위험한 짓을 했어, 당신. 알아?"

"당신이라……."

피식.

백인 독사눈의 말에 지영은 세 번째 실소를 흘렸다.

예의가 참 없어서… 참교육을 해주고 싶을 정도였다.

"예전에 말이야."

"음?"

"나한테 이렇게 굴던 씨아이에이 요원이 있었지. 그 요원이 어떻게 됐는지 알아?"

“그는 멍청했던 거고.”

“그건 당신도 마찬가진 것 같은데?”

“후후.”

지영은 씩 웃었다.

“증거 있어?”

“증거야 만들면 되는 거 아니겠나.”

“요즘 시대에? 역시 국제 깡패라는 미국인다워.”

“미안하네만, 난 미국인이 아니야. 캐나다인이지.”

호…….

그럼 미국을 등에 업고 지랄하는 것도 아니고, 그냥 기관의 힘만 믿고 이러고 있다? 이자는 정치 외교에 대한 지식이 너무나 부족한 것 같았다. 한국은, 예전에 알던 한국이 아니었다.

옛날처럼 이리 치이고, 저리 치이는 단계를 훌쩍 넘어서서, 이제는 외교 라인에서도 큰소리 좀 칠 수 있는 나라였다. 그 증거로 옛날에 정순철 팀장이 팀원들과 함께 휴가를 다녀왔던 것을 들 수 있었다. 웬만해서는 그런 작전은 허용이 안 되는데도, 다녀왔다는 것은 그만큼 힘을 가졌다는 반증이었다.

“어떻게, 순순히 따라 일어났으면 좋겠는데?”

백인 독사눈의 말에 지영은 씩 웃었다.

그리곤 사무실 곳곳을 가리켰다. 그곳엔 성능 좋은 카메라가

달려 있었고, 백인 독사눈은 그걸 확인하고 나서도 씩 웃었다.

"저런 걸로 범죄를 무마하려고?"

"아니. 아마 지금쯤 당신네 나라 대통령에게 우리 대통령님이 전화를 걸었을 것 같은데……. 아, 캐나다는 국무총리였나? 그리고 당신 인터폴 기관장한테도. 혹시나 해서 묻는데… 상부에 보고는 된 거지?"

"……."

그 말에 백인 독사눈의 시선이 싸늘하게 굳었다.

뱀이 뿜어내는 살기를 정면으로 마주하는 지영이지만 그에게 이 정도는 그저 간지러울 정도였다. 이 인간보다 오히려 미친 광신도들이 뿜어대던 살의가 훨씬 살벌했었다.

"우리 대화도 실시간으로 보고받고 있을 것 같은데. 어떻게 생각해? 당신 무사하려나 모르겠어. 응?"

"후후, 협박하는 건가, 미스터 강?"

"못 할 거야 있나. 아직도 내가 그냥 배우로 보여? 왜 미국에서 나를 가만히 두고 있는 건지, 잘 모르지? 나에 대한 조사 안 했어?"

"했지. 충분하게."

"그럼 내가 벌집이라는 걸 잘 알았어야지."

"그러다 자네 배우 생활이 끝나는 수가 있어. 이 녹취록은 자네에게만 있는 게 아니라는 걸 알아야지. 안 그래?"

“풀어.”

“뭐?”

“언론에 풀라고. 그 잘난 녹취록.”

“…….”

독사눈의 눈빛이 착 가라앉았다. 그런 눈빛을 보면서 지영은 여전히 웃고 있었다. 참 재미있는 인간이다. 성적, 승진에 눈이 멀어 우연찮게 입수한 정보로 지영까지 엮어 대박을 노린 것 같지만, 지영은 그리 호락호락한 인간이 아니었다.

“내가 처음에 물었지. 증거 있냐고.”

“…….”

“최소한 내가, 혹은 그 둘이 여기에 있었다는 증거는 가지고 바쁘다는 인터폴의 형사님께서 이 지랄을 떠는 거냐고.”

처음으로 백인 독사눈의 얼굴이 굳었다.

지영은 이놈을 보면서 대체 무슨 생각으로 이렇게 들이댔나 싶었다. 원하는 걸 이루고 싶었으면 지영과 둘이, 혹은 그 둘이 여기서 나가는 사진 정도는 찍었어야 했다. 하지만 지영도 지영이고, 시크릿 레이디와 마타하리의 준비력도 장난 아니었다. 아마 아무런 증거도 남기지 않은 채 이곳을 빠져나갔을 것이다.

지잉, 지잉.

독사눈은 지영을 노려보다가 휴대폰을 꺼내 전화를 받았

다. 그리곤 인상을 작게 찌푸린 채 듣기만 했다. 통화는 1분 정도 이어졌다. 어떤 내용인지야 안 들어도 오디오였다. 폰을 다시 품에 넣는 그를 보며 지영은 무심하게 말했다.

"알았으면 조용히 꺼져."

"흐흐, 그래, 오늘은 내가 조금 성급했군. 또 보자고."

피식.

또 볼일이 있을까?

이걸로 아마, 두 사람과 만나는 일은 없어질 것이다. 공권력. 국제기관이지만 증거도 없이 지영을 연행하는 건 만인의 지탄을 받을 일이었다. 게다가 엄청난 팬덤과, 화력을 자랑하는 지영의 팬들이 절대로 가만히 있지 않을 것이다. 일개 팬이 무얼 할 수 있겠냐고 묻는다면, 그건 아주 큰 오산이었다. 지영의 팬덤 중에는 국제변호사가 몇 인지 셀 수도 없으니 말이다.

셋이 나가고 나자, 지영은 다시 소파에 등을 기댔다. 이런 일은 참 스트레스다.

치익.

"후우……."

멍하니 담배를 피우고 있는데 폰이 지잉, 지잉 울었다. 발신인을 보니 김은채였다.

"왜."

─뭐 하냐?

"그냥 회사에 있는데."

─그래? 기다려, 술이나 한잔하자.

"술?"

아… 어쩐 일이지?

김은채가 이렇게 적당한 타이밍에 술을 권하고?

지영은 진심으로 김은채에게 감사함을 느꼈다.

─콜?

"콜."

거절할 이유가 조금도 없었다.

『천 번의 환생 끝에』 13권에 계속…

초대형 24시 만화방

신간 100%, 샤워실, 흡연실, 수면실(침대석), 커플석, 세탁기 완비

■ 광명 광명사거리역점 ■

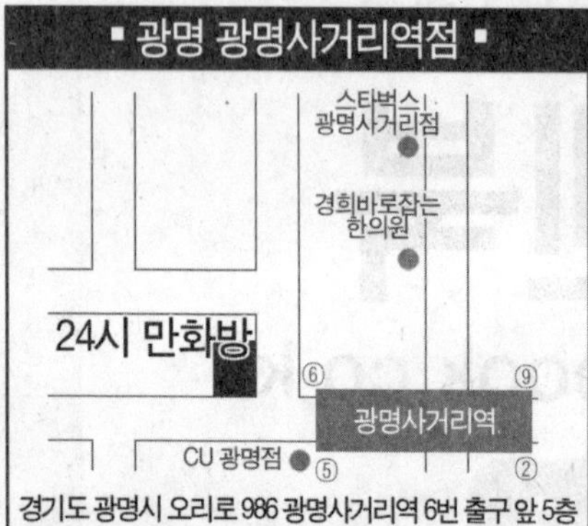

경기도 광명시 오리로 986 광명사거리역 6번 출구 앞 5층
02) 2625-9940 (솔목타워 5층)

■ 강북 노원역점 ■

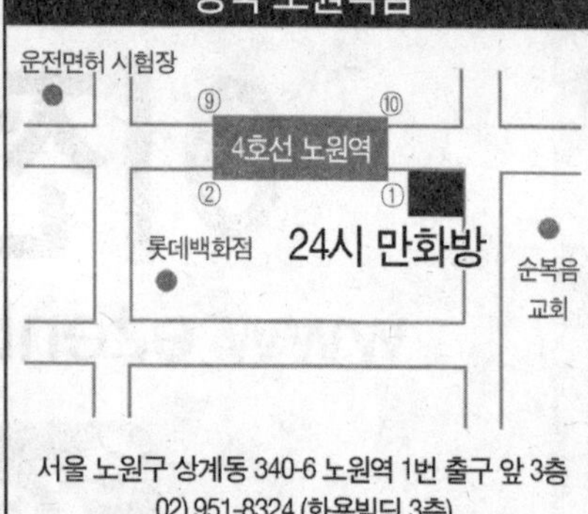

서울 노원구 상계동 340-6 노원역 1번 출구 앞 3층
02) 951-8324 (화용빌딩 3층)

■ 일산 정발산역점 ■

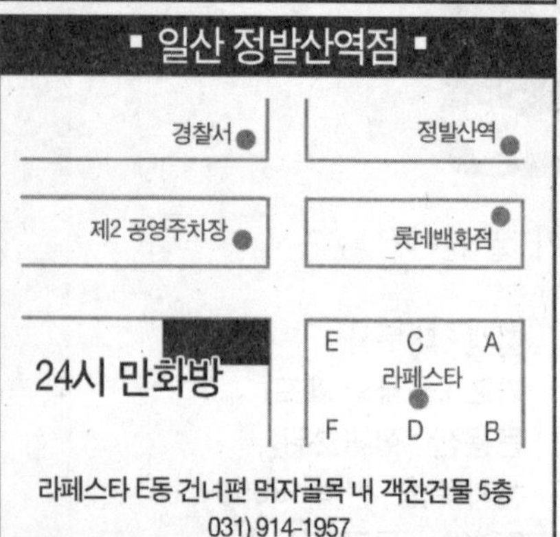

라페스타 T동 건너편 먹자골목 내 객잔건물 5층
031) 914-1957

■ 일산 화정역점 ■

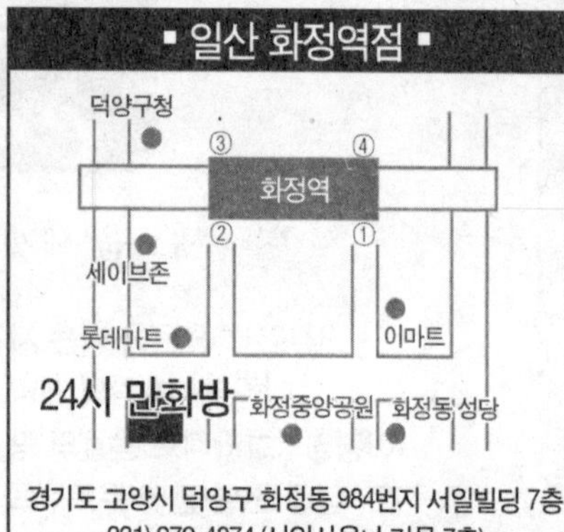

경기도 고양시 덕양구 화정동 984번지 서일빌딩 7층
031) 979-4874 (서일사우나 건물 7층)

■ 부천 역곡역점 ■

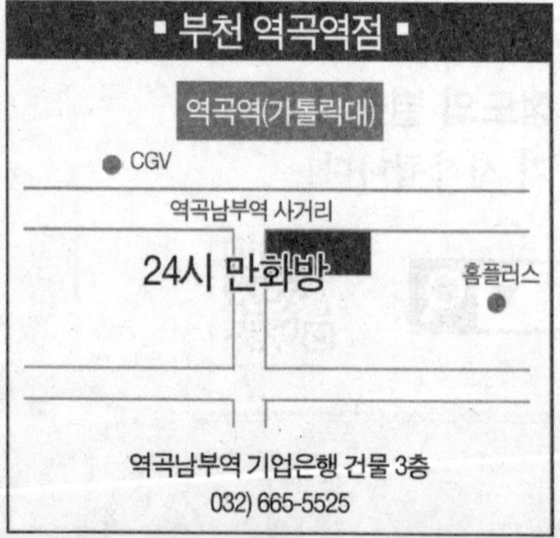

역곡남부역 기업은행 건물 3층
032) 665-5525

■ 부평역점 ■

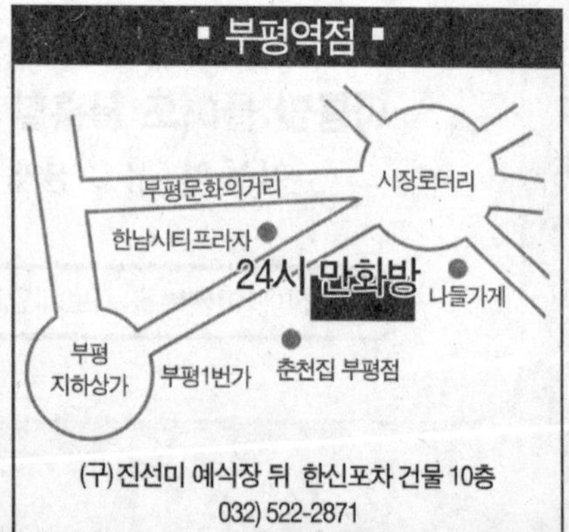

(구)진선미 예식장 뒤 한신포차 건물 10층
032) 522-2871

한의韓醫 스페셜리스트

가프 장편소설

FUSION FANTASTIC STORY

돌팔이 소리만 듣던 한의사 윤도.

달라지고 싶은 마음에 찾아간 중국 명의순례에서
버스 추락 사고에 휘말리고 마는데…….

구사일생으로 살아 돌아온 지 30일.
전에 없던 스페셜한 능력들이 생겼다?

초짜 한의사에서 화타, 편작 뺨치는 신의로!
세상의 모든 질병과 인술 구현에 도전한다!

Book Publishing CHUNGEORAM